泣きたい私は猫をかぶる

ノベライズ／岩佐まもる
協力／「泣きたい私は猫をかぶる」製作委員会

角川文庫
22174

目次

〝あたしはあなたの力になりたい
好きって言われたい〟

interlude 1

あるいは
陽だまりに
まどろむ
煙突の裏で

※

「仁義ってやつはあるわな」

土管の上で丸くなった黒猫は、そう言うと、大きな欠伸《あくび》をした。

「なるほど、自由気ままに日々過ごすのが、俺たち猫のまっとうな生き方ってもんだ。けどな、自由と無法は違う」

季節は夏にさしかかっていた。

人間もそうだろうが、猫にとっても過ごし易いとは言えない季節だ。焼けたアスファルトの上を歩くだけでも、じりじりと足裏が焦げる。

だからだろう。

この黒い老猫はいつもこの場所にいた。

使われなくなった焼き物工房の裏手。

昼のこの時間でも陽は差し込まず、放置された土管の上はひんやりと冷たい。

「守らなきゃならん仁義はあるのさ。この歳になると、それがよく分かる。――だから、ヤツのことは気に入らんね。誘いをかける相手が大人なら、まだいい。けど、ありゃ右も左も分かってねえ子どもじゃねえか」

「右と左くらいは分かってると思うよ」

と、きなこは言い返してみた。

きなこもまた猫だった。

この黒い老猫と違い、とある家で飼われている雌猫。ただ、家の中しか知らない完全な飼い猫ではなく、気が向くと、こうして自由に外を出歩くこともある。

きなこという名は飼い主がつけてくれた。

茶色い毛並みが和菓子屋さんのきなこ餅《もち》みたい――そんな単純だが、取り繕わない好意の感じられる理由で。

「あの子はそこまで子どもじゃない。けど、右にあるのが道なのか、左にあるのが沼なのか。その辺はまったく分かってないだろうね」

きなこがそう言うと、土管の上の老猫は「なら、同じこった」とあきれたように呟《つぶや》き、長い尻尾《しっぽ》をほんの少し震わせた。

老猫の尻尾の先は黒い毛がいくらか抜け落ちて、まだら模様になっていた。

「大人の分別を持ってねえ子をだまくらかして、『あっち』へ連れていく……お前さんもヤツには気をつけるこった。あれは人間が言うところの化け猫だよ。しかも、たちの悪い方の。俺たち猫といえど、なるべくなら、近づかない方がいい」

これには返事をしなかった。

すると、老猫は少し哀しそうに金の瞳《ひとみ》を細くした。

「そんなに欲しいもんかねぇ、目に見える幸せってやつが」

「あの子は欲しいんじゃない？　家に居場所ないみたいだし」

「そういう話じゃねえよ」

「じゃ、どういう話なのさ？」

「だから、そういう話だよ」

空の彼方《かなた》に雷の気配がある。

夕方には雨になるのかもしれない。

そんな少し翳《かげ》った空を見上げ、老猫はもう一度「そういう話だよ」とつぶやくと、そのままゆるゆるとまぶたを閉じた。

どこか遠くで、町を歩く猫にとって最も警戒すべき音、車のクラクションが鳴っていた。

一章——無限大謎人間は恋をする

I

うんとちっちゃかった頃、１００の名前を持つ猫の絵本をお母さんに読んでもらった。

猫は世界中の人から色んな意味を持った名前で呼ばれ、その名に見合った活躍でみんなを幸せにしていく。

その姿が格好よくて、可愛くて、九九もできなかった頃のあたしは憧《あこが》れた。

そんなあたしには今、三つの名前がある。

「行ってきまーす」

「あ……行ってらっしゃい、美代《みよ》ちゃん」

はい、これが一つ目の名前。

美代。

笹木《ささき》美代。

小学生の時、クラス担任の先生は、

『お父さんとお母さんが一生懸命考えて、あなたたちに付けてくれた名前です。大切にしましょう』

なんて言っていたけれど、ちょうどその頃、嫌なことがあったせいで、あたし自身はこの名前にあんまり愛着がない。特に苗字《みょうじ》の方は無理。できることなら、早く棄ててしまいたいくらい。

ちなみに、担任の先生はこの発言について、ＰＴＡ総会で吊《つ》るし上げを食らったらしい。

お父さんとお母さんとは何事だ。生まれた時から親が1人しかいない子もいる。子どもを預かる教師として配慮が足りない、って。

まあ、あたしも先生の言葉がまったく、これっぽっちも胸に響かなかったクチだけど、そこまでいくと、クレーマーってやつじゃないかと思う。

先生も何かと大変だ。

と、愛着の持てない本名の話はここまでにしておいて――。

朝、家を出て、起伏の多い常滑《とこなめ》の道をしばらく歩くと、広々とした場所に白い校舎が建っているのが見えてくる。

校門横のプレートには、「常滑市立常滑北中学校」の文字が書かれていた。

ここがあたしの通う中学。学年は2年。来年は受験？　聞きたくないし、聞こえない。

とにかく、その白い校舎が近づくと、あたしは段々と「笹木美代」じゃなくなっていく。

もう1人のあたし、「ムゲ」になっていく。

変な綽名《あだな》だって？

ま、ね。

笹木美代とムゲ。

一字も被《かぶ》っているところなんてない。

ただ、一応、綽名には綽名なりの由来なんてものがありまして——いや、待って。

その話はちょっとあとで。

校門のところで見慣れたおかっぱ頭の子が歩いている。

その姿を見つけた瞬間、あたしは勢いよく駆けだした。

「月曜だりぃ……」

「サボりてぇよな、学校」

そんなことを言いながら、ダラダラ歩いている他の生徒を風のごとく追い抜き、学校の敷地内に入ったところで、その子に追いつく。

「ヨリちゃーん！　おっはよっ！」

回り込んでみると、そこにはいつもの顔があった。

夏の朝日がまぶしいのか、ほんの少し細められた黒い瞳。

笑みはない。

というより、この子は滅多なことでは笑ってくれない。

といっても、それは鈍感とか、周りの人を拒絶しているとか、そういう理由ではなく、

「あ〜、おは……ん、なに？」

じーっと覗《のぞ》きこんでいるあたしの視線に気づいたのか、その子、ヨリちゃん——本名、深瀬《ふかせ》頼子《よりこ》ちゃんは歩きながら、少し警戒したように顎《あご》を引いた。

あたしはそんなヨリちゃんの周りを、ぐるりと一周する。

それから、にんまりと笑って、

「ん〜、安定の不機嫌顔」

「は？」

「今日もいい女だ」

「……なに言ってんの？」

ほら、可愛い。

ヨリちゃんとは小学生の頃からずっと友達をやっているけれど、根本的な部分で照れ屋なのだ。本人もそれを自覚していて、しかも普段はそのことを隠そうとするものだから、どことなく無愛想に見えてしまう。でも、無愛想＝冷淡じゃない。何より、あたしにとっては、この学校でたった1人だけの——いや、たった2人だけの特別な

存在だ。

もう1人は誰かって？

ふっふっふ。

それはですねぇ。

「あっ!!」

そこで、あたしはその後ろ姿に気づいた。

「どーした？……あ」

尋ねてきたヨリちゃんの視界にも入ったらしい。

歩くあたしたちのほんの少し先だ。

下駄《げた》箱に向かう生徒の流れの中に、2人連れの男子が交じっていた。

「——兄貴や姉貴が欲しかったって、それ、本気で言ってる？」

「え～、いいじゃん。自分が弟なのって。可愛がってもらえそうだし」

話をしながら歩く背の高い男子は、同じクラスの伊佐美《いさみ》正道《まさみち》。以上、説明終わり。

もう1人の身長は平均か、平均より少し下くらいだった。

ただ、全体的にスリムな体型のせいか、実際の身長より背が高く見える。

艶《つや》やかな黒髪は長くもなく、短くもなく、白い夏服と鮮やかなコントラストを描いている。

しかも、あのシャツ、普段はお母さんがアイロン掛けしてるけど、たまに自分でやってる時もあるんだよ!?

なんだ、その脳味噌《のうみそ》を蕩《とろ》かせて、とびきり甘い生クリームにしかねない要素。

いまはこうして後ろ姿しか見えてないけれど、振り返った時の、あの子どもみたいな笑顔を思い出しただけで……ああ、あたしの世界が変わる。

晴れ渡った夏の空の下にいる人間は、あたしとヨリちゃんと、もう1人だけ。

他は皆、へのへのもへじで顔が描かれたカカシだ。

「ちょっと、悪い。カバン、頼んだ」

ヨリちゃんに自分の荷物を押しつけると、あたしは履いていた靴を脱ぎ棄てた。

「やめなよ」

あきれ顔で止めるヨリちゃんの声を置き去りにして、気付かれないよう、忍び足でその男子生徒の背中を追いかける。

周りにうじゃうじゃいるカカシたちを追い抜き、十分に距離が近づいたところで、くるりと回れ右。背を向け、ついでに腰を屈《かが》めて、発射態勢をとった。

「いや、姉貴とか最悪だし」

「へえ、そんなもんかね」

そんな話し声を聞きながら、

「はっ！」

「うわっ……」

発射。

飛び上がりざまに後ろへ突き出したあたしのお尻《しり》が、その男子——同学年同クラス、つまり、唯一絶対にして、運命の相手でもある日之出賢人《ひのでけんと》のお尻に命中した。

たたらを踏んだ日之出の手から、鞄《かばん》が落ちる。

ただ、そこから先の展開はあたしの妄想通りにはいかなかった。

一瞬、驚いた声をあげた日之出は、その場で数秒ほど立ち尽くした。振り返って、あの子どもみたいな柔らかい笑顔を見せてはくれない。代わりに「ふぅ」とうんざりしたようなため息を一つ吐く。

そうして、あたしには何も言わず、日之出は地面に落とした自分の鞄に手を伸ばした。

う〜ん、淡泊。

だけど、あたしはあたしで、これくらいでへこたれたりしない。そういえば、今の技、近所のおじいちゃんが話してくれたところによると、往年の名プロレスラーが使っていた技で、ヒッププッシュと言うそうな。

でも、そんなこと、あたしは知らない。この技にはちゃんと、あたしの名付けた正式名がある。

「決まった！」

叫びつつ、あたしは両手で宙に弧を描いてから、パンと自分のお尻をはたいた。

「日之出サンライズぅ、アタック!!」

これに対する日之出の愛の囁《ささや》きは、たった一言だった。

「……いい加減にしろよ」

言って背を向け、隣で笑いをこらえている伊佐美と共に、下駄箱の方角へ歩き去っていく。

あたしは満面に笑みを浮かべ、その背中に向かって、こう返した。

「愛情表現〜っ。……いて」

最後の「いて」は、日之出への愛の言葉じゃない。

後ろから追いついてきたヨリちゃんに、あたしが押しつけた自分の鞄で、それこそ「いい加減にしろ」と言わんばかりに頭をはたかれてしまったせいだった。

ただ、そうしてたしなめつつ、あたしが脱ぎ捨てた靴もちゃんと拾って、目の前に置いてくれるのが、ヨリちゃんという友達でもある。

※

「日之出！　待って、待って！」

下駄箱で靴を履き替え、階段を上って、２階にある自分たちの教室へ。

スタスタと先を行く日之出をあたしは歓声をあげて、さらに追いかけた。

あたしたちの通う中学は、目立った特徴はないけれど、校内の設備はそれなりに立派だ。校舎の屋上には落下防止用の鉄柵《てっさく》と金網がちゃんと設置されていて、生徒でも立ち入り自由。中庭も広々としている。唯一、不満があるとすれば、「箱」より「運営する人」の方かな？　特に、職員室横に設置された温度計が28度を超えない限りエアコンは使用しない、とかいう謎ルールはやめてほしい。元々、木陰《こかげ》になってる職員室と野ざらしの教室じゃ世界が違うってーの。

「待って待って！　日之出、待って！」

餌を催促する子猫のように、あたしはにぎやかに声を張り上げる。

日之出は一向に振り返ってくれなかったけれど、一言だけ、また愛の言葉を囁いてくれた。

「待てない」

「！」

その瞬間、階段を上りきったあたしはへなへなと腰が砕け、廊下に座りこんだ。

「はあっ、いまの……エッロッ！　ね、聞いた？　ヨリちゃん。いまの『待てない』、なんかセクシーくなかったっ⁉……キスしていい？　待って、待てない——みたいなやつっ！」

もちろん、あたしと違って冷静、ついでに恋をしていないヨリちゃんにこの想いは届かない。

「朝から日之出のエロボイスだよぉ、分かんない？　このシャーワセ」

「1ミリも」

けれど、それでいいのだ。

もし、ヨリちゃんもあたしと同じように日之出の魅力に気づいて、あたしと同じように日之出のことを好きになったりしたら困る。

それは性格の悪いキジトラ猫に道を通せんぼされるくらい、困る。

だから、いまの状態がいい。

友達がいて、好きな人がいて、その2人に朝からこうして会えて。

しかも、今日も1日、2人と同じ教室で過ごす。

こんな幸せ、他にある？

だけど、ヨリちゃんに抱え起こされたあたしが、そんなふうに我が身の幸福を嚙《か》みしめていたというのに、だ。

「日之出くん、ムゲちゃんに、もちょっと優しくしてあげればぁ？」

「そーそー」

――む。

下卑た言い方に目をやると、そこには日之出や伊佐美じゃない別のクラスメイトの姿があった。

エアコンが入っていない教室の窓は開けっ放しにされている。

教室の中で、男子が２人、その窓枠に寄りかかっていた。１人は尖《とが》らせた口が気障《きざ》ったらしくて嫌味なやつ。もう１人は校則ギリギリの範囲で色を抜いた髪がこれまた気障ったらしくて嫌味なやつ。たしか、坂内《ばんない》と新堀《にいぼり》だったか？　クラスメイトだけど、下の名前は知らない。伊佐美は日之出と仲がいいし、悪いやつじゃなさそうだからフルネームで覚えたけど、こいつらにそんな価値はない。時間の無駄、脳の容量の無駄、人生の無駄だ。

「ほっときなよ」

頬を膨らませたあたしに気づいて、ヨリちゃんが忠告してくれる。

でも、こればっかりはそうはいかなかった。

あたしはすぐさま廊下を走りだした。

「日之出クンの〜、エロボイスで優しく囁いてあげて――」

にやにやしている坂内の前で、新堀がくねくねと腰をよじらせつつ、気持ちの悪い声をあげている。

あたしは廊下側から2人に猛然と突進すると、勢いをつけて自分の鞄をフルスイングした。

「わっ！」

こっちに気づいた坂内には生意気にも避《よ》けられたけれど、気づかなかった新堀の顔面には、ものの見事に鞄が命中！

「うがっ……いって！　何すんだよ凶暴女⁉」

「うっせっ、うっせうっせうっせうっせうっせ！」

お前らなんかが、そんな風に日之出の名前を口にするんじゃない。日之出が穢《けが》れる。

なおも抗議の声をあげようとする新堀と坂内を押しのけ、あたしは窓枠に足を掛けると、教室の中へ飛びこんだ。

日之出はもう教室にいた。

坂内や新堀のからかいの言葉は当然耳に入っていただろうに、大して気にした様子もない。淡々とした顔をして自分の席につき、鞄《かばん》から出した教科書を机の中に仕舞っている。はい、そういうところも好き。

「日之出、日之出！」

あたしはわざと最後列にある自分の席に直行せず、日之出の席を通り過ぎる形で大回りした。

「今度スマホで声、録音させて！　寝る前に再生すんの。絶対いい夢みちゃうよ！」

ただし、あたしはいま現在スマホを持ってないから、録音はスマホを買ってもらってからの話になるわけだけど。

「…………」

日之出は返事をしない。

あたしもそれ以上は声をかけず、鼻歌を歌いながら上機嫌で自分の席に向かった。

「ほんと、無限大謎人間だよな〜」

この笑い混じりの言葉は、あたしや日之出じゃない。日之出の前の席に座る伊佐美だ。

うん、そう。

それがあたしの綽名《あだな》の由来。

無限大謎人間——略して、というか、頭の2文字を取ってムゲ。

ヨリちゃんを含め、あたしを知っている同年代の子たちは、ほぼ全員こっちの名前で呼ぶ。言い換えると、家を出て学校にいるときのあたしは、笹木美代じゃなくムゲ。

じゃあ、残る三つ目の名前は何かって？　う〜ん、それはまた今度ってことで。いまは坂内たちのせいで中断させられていたこの至福の時間を、改めてもう一度、味わいたいんだ。

「待てない、だよ！　いやあ」

自分の席で椅子をギコギコさせながら、あたしは日之出のさっきの言葉を繰り返す。だけど、その瞬間、

「あいたっ」

勢い余って後ろにひっくり返ったあげく、後頭部を思いっきり床にぶつけてしまった。

さすがにちょっと痛い。

ただ、この騒ぎで、ちらっとこっちを振り返った日之出の肩越しの視線が、これまた色気と色気と色気を兼ね備えていたので、よしとしよう。

2

自覚したのはいつか、と聞かれたら、それはもう正直に答えるしかない。

梅雨が明けた頃に開催されたお祭りの晩だ。

あの日、あたしは間違いなく日之出のことが好きになった。

今でも鮮明に思い出せる。

あの静かな夜。

あたしたちは、狭い空洞の中で互いの身を寄せ合っていた。

――時空。

それは、そんな名が付けられたモニュメントなんだそうだ。小学生の頃、課外授業で習った。

常滑は焼き物と招き猫が有名な市で、町のあちこちにそれを象徴する物が設置されている。

市の観光名所でもある、やきもの散歩道の途中、登窯広場に設置された青い陶製のモニュメント。

土管を重ねたトーテムポールみたいな背の高い柱が、ぐるりと円を描いて並び、中心部は空洞になっている。形にインパクトがあるのか、普段は観光客が写真を撮っているのも結構見かける。

ただ、その日は夜で、しかもお祭りが行われていたせいか、人は全員そっちに集まっていて、広場にいたのはあたしと日之出だけだった。

「世界が消えちゃったみたいだ……」

モニュメントの空洞で、あたしを抱えた日之出が柔らかい声でつぶやく。

「確かに……」

あたしも優しく囁《ささや》いた。

日之出はそんなあたしの頭を撫《な》でて、

「いろいろ嫌なこととか、面倒なこととかあるけど……ここから出た時、世界が全部なくなってたら、それはそれで困るよな」

「へえ、ロマンチストなんだね～」

「嫌だよなぁ、やっぱ」

日之出があたしたちを囲む青いモニュメントの先にある夜空を見上げている。

あたしはゆっくりと身を起こすと、そんな日之出の顔に自分の顔を近づけた。

「え……？」

日之出のちょっとだけ戸惑ったような声。息遣い。

耳元で聞きながら、あたしはそっと日之出の頬に自分の唇を当てた。

遠くで花火の上がる音がする。

空が一瞬、明るくなる。

光の中で、日之出の笑い声が聞こえた。

「くすぐったい……ふふっ」

花火の音が消えると、あたしは日之出の頬から唇を離した。

日之出はまだ笑っていた。

心の底から楽しそうに、無邪気に。

ちっちゃい子みたい。

あたしはそう思い、その愛《いと》しさにまた、どうしようもなくなって、もう一度だけ――。


「ムゲーっ!!」

「うおっと」

突然、耳元でヨリちゃんに叫ばれ、あたしは宝物以外の何物でもない思い出の世界から引き戻された。

辺りを見回すと、そこはもちろん夜の登窯広場じゃなかった。

日之出もいない。

場所は駄菓子屋さんの前、時刻は放課後、つまり学校帰りにヨリちゃんと買い食い中。獲物はこの季節の定番、アイスバー。夏はやっぱりこれだよね。なお、ヨリちゃんもあたしも、アイスはカチコチに凍った状態より、ちょっと融《と》けかけた状態が好み。融けた部分の甘さと柔らかいアイスの絶妙な混じり具合がたまらないのだけど、この場合はそれが災いした。

ベンチから立ち上がって叫んだヨリちゃんのアイスが、勢いのあまり棒からすっ飛んで、地面に落ちてしまったのだ。

「あ、アイス」

でも、つぶやくあたしとは対照的に、ヨリちゃんの目はもはや3秒ルールも通用しなくなった自分のアイスに向けられていない。

あたしの背中をバンバンと懸命に叩《たた》き、

「しっかりして!!　現実と夢の境がつかなくなってるよ！」

そして、このバンバンのせいで、あたしのバニラアイスも棒から宙に飛んで着地。めでたくご臨終してしまったのだった。

「あ〜、道連れアイス……」

「哀れすぎるよぉ、やだよぉ、こぉっちの世界にぃ、戻ってこぉぉぉぉいっ！」

「え〜、本当なのに」

大体、聞いてきたのはヨリちゃんの方じゃないか。

どうして、日之出なの、って。

ヨリちゃんはあたしがここ最近、日之出に熱を上げていることに、あまり賛成じゃないらしい。

この日もアイスを食べながら、日之出の話になった。で、改めて、どうしてあたしが日之出のことを好きになったのか、尋ねてきたんだ。そこで、あたしは正直に日之出との思い出を語ったというわけ。

言っておくけど、あたしは誓って、嘘なんてついてない。

さっきの話は夢でも妄想でもなく、確かにこの間のお祭りの晩、起こった出来事だ。

なのに、ヨリちゃんのこの反応だよ。

「なぁんで信じて――」

お亡くなりになったバニラアイスのことはあきらめ、あたしはベンチから立ち上がる。

だけど、そこでギクリとした。

駄菓子屋前の道の先に猫がいた。丸々と太った、大きなキジトラ猫。

しかも、こっちをジッと見ている。

いや、多分こっちじゃない。

あたしを見ているんだ。

キジトラ猫がのそのそ歩いて近づいてくる。

あたしはムスッと黙りこむと、脇に退《ど》いて、キジトラ猫のことを避けた。

ヨリちゃんがいぶかしげな声をあげた。

「あれ？　猫、嫌いだっけ？」

「……時と場合と猫による」

特にヤツの猫パンチは要注意だ。

※

「んじゃー、ヨリちゃん。明日《あした》もあたしのことヨロシクお願いしにゃーす」

「何それ、知らないし。んじゃね」

「じゃー」

名前も知らない小社の前にある分かれ道。

ここからは家の方向が違うヨリちゃんと別れ、あたしは1人で坂道を歩く。

常滑は本当に坂の多い町だ。だから、自転車通学には向かない。中学生の身分で、電動補助付き自転車なんて買ってもらうわけにはいかないしね。

家まで続く登り坂。

所々、レンガの煙突が立ち並ぶ常滑の町並みが、あたしの横を流れていく。

ヨリちゃんと一緒にいた時に比べ、あたしの足は少し歩みが遅くなっていた。

登り坂のせいってことにしておきたいところだけど、さすがに無理かな。自分でも学校にいる時の、つまり「ムゲ」の時の笑顔じゃなくなっていることは、自覚している。

坂はあと少し。

つまり、家まであと少し――。

けれど、そこで不意にあたしは背後から声をかけられた。

「美代ちゃんっ、美代ちゃんっ！」

名前を呼ばれて振り返ったところで、思わず「げっ」と言いそうになり、あわてて言葉を呑《の》みこんだ。

坂の下からあたしのことを手招きしつつ、自分も駆け寄ってくる人がいた。

買い物袋をさげた近所のおばさんだ。苗字《みょうじ》が敦賀《つるが》だから、あたしは小さい頃から敦賀のおばさんって呼んでる。身体つきは横も縦も大きい。それこそ、横に関してはあたしの倍はあるんじゃないか、ってくらいに。いや、別にそんな嫌な人じゃないんだけどね。ただ、その、なんだ。

「こんちは」

あたしがムゲじゃない笹木美代のテンションで挨拶《あいさつ》すると、息を切らしてあたしの前に立った敦賀のおばさんは、周囲を憚《はばか》るように視線をきょろきょろさせた。

そうしてから、急に小声になって、

「あんた、大丈夫なの？」

「は？」

「やだ、ちょっと。痩《や》せたんじゃなぁい？　ほっそりしちゃって」

言いながら、おばさんはあたしの二の腕を掴《つか》む。その力が強いのなんの。

「いや、そんなことは特にない……です……けど」

身をよじって、振り解《ほど》こうとしていたら、急にパッと手を離された。

「ああっ、美代ちゃん。私はね、あんたが気の毒で気の毒で」

まるで、悲劇のヒロインを目の当たりにした観客のように、敦賀のおばさんは嘆くのだけど、この場合、気の毒なのはあたしの二の腕限定だと思う。うわあ、真っ赤になっちゃってるよ。おばさん、昔、柔道を習ってたことがあるって聞いたけど、あれ、本当だったんだ。

「あのぅ、ご心配なく――」

愛想笑いを浮かべつつ、あたしはそろそろと身を退《ひ》いた。恥も外聞もなく言ってしまうと、逃げようとしたのだ。ただ、これは完全に失敗した。

敦賀のおばさんがずいと顔を近づけてきた。

「うあ……」

「ちゃんと食べさせてもらっとる？」

「あ〜はい、はい、はい」

「ずっとおるんでしょ？　あの人」

「あー、いや」

「わざと嫌いなもの出されたりしてなぁい？」

そういえば、この間、テレビでどこかの大学の偉い先生が言っていた。

ご近所付き合いと言うと、何かと面倒なイメージもあるが、あれはあれで犯罪防止の役に立つこともある、って。

確か、児童虐待のニュースだったかな？

実際、この敦賀のおばさんなんかは、まさにそれを防ぐことのできる頼もしい正義の味方なんだろう。

しかしですね。別に襲われてない村人にとって、村を守る戦士は必要ないわけでして。

親切の押し売りっていうのは、それはもう断ることもままならず、だからって、ありがたく受け取るわけにもいかず。

ただ、あいまいに笑って、押し売りの時間が過ぎ去るのを待つしかない――と。

けれど、及び腰であたしが敦賀のおばさんの「美代ちゃん、可哀想」話を聞いていた、まさにその時だった。

「美代ちゃん」

今度は別の声が、あたしの名を呼んだ。

そして、声のした方角に目をやった途端、敦賀のおばさんが「あっ」とその場で小さく飛び上がった。

坂の上にはあたしの家がある。建売で、特に特徴らしい特徴もない2階建ての家だ。

その家の門の前に、1人の女の人が立っていた。

背中まで届く黒髪は、後ろで軽く結っている。白いブラウスもそうだけど、顔の造りもどこか涼しげで、少し陰があるようにも見える。いまは夏、ただ、季節で言えば、秋の方が似合いそう。

もちろん、あたしの知っている人だった。

一緒に暮らし始めて、もう結構な時間が経つ。

「あらあら、まあ、どうもどうも」

一瞬、ぎょっとした顔になった敦賀のおばさんが、すぐさま笑顔を作り直した。

女の人も小声で「どうも」と挨拶を返す。ここで会話が途切れようものなら、おそろしく気まずい時間が流れていたんだろうけど、そこは敦賀のおばさんも分かってる。

「それじゃね、美代ちゃん。ほほ、ご無礼します」

別に私は聞かれてまずい話なんかしてませんよ、ご近所さんに挨拶していただけです――みたいな笑顔を維持したまま、敦賀のおばさんはそそくさと立ち去っていった。

付け加えると、最後の「ご無礼します」は、日本全国どこでも通用する挨拶じゃなく、あたしたちの住む地方特有の方言なんだそうだ。意味合いとしては「失礼します」とか「ごめんくださいませ」が近いのかな。

女の人もまた頭を下げて、「さようなら」と敦賀のおばさんの後ろ姿を見送った。

はい、これにて表面だけはトラブルなんてないご近所付き合いは終幕。

残るは後始末の時間だ。

あたしは敦賀のおばさんの姿が完全に遠ざかるのを待ってから、

「おばちゃん族は大きなお世話が好きだね～」

さっきのおばさんの話、聞かれてないはずがないと思う。相手の反応を見れば分かる。

だからこそ、あたしもここでちゃんと言わなければならない。

あの人の言っていたことなんて、ただの杞憂《きゆう》ですよ。

あたしとあなたの間にそんな対立は一切ありません、って。

「ただいま、薫《かおる》さん」

あたしは笑顔で軽くその人に挨拶した。そうして、小走りに玄関の方へ向かった。

「お帰りなさい、美代ちゃん」

女の人も柔和な声で返し、こちらは歩いてあたしのあとに続く。

彼女の名は、薫さん。水谷《みずたに》薫さん。

お母さん、じゃない。

お姉さんでも叔母《おば》さんでもない。

でも、あたしのお父さんの奥さんだ。

そう、あたしは認識している。

※

「ねえ、美代ちゃん」

薫さんがほんの少しためらいがちに、また声をかけてきたのは、あたしが玄関のドアを開けて家の中に入った時だった。

「明日《あした》もお天気だから、お布団、干そうと思うんだけど」

これを意訳すると、「だから、あなたの部屋に入っていいか？」になる。

「あ、あたしの部屋はいいです」

靴を脱いで家に上がりながら、あたしはすぐに答えた。ただし、決して刺《とげ》のある印象にならないように、笑い混じりで。

「でも、気持ちいいよ？」

「大丈夫です。今度、自分でやります。悪いし」

「え、いいのに」

つぶやくような薫さんの言葉にはもう反応せず、あたしはリビングのドアを開けた。

リビングはキッチンと一続きになっている。

どちらにも電気はついていなかった。薫さんも膨らんだ買い物袋を持っていたから、いま帰ってきたところだったんだろう。

キッチンの冷蔵庫に向かおうとして、あたしは足元に茶色い塊がいることに気づいた。

ほっそりした体はしなやかで、いかにも弾力を感じさせる。瞳《ひとみ》は体の色とは対照的に、エメラルドのような緑色。

うちで飼ってる猫だ。

といっても、あたしがお世話してるわけじゃないんだけどね。

「お、きなこ～」

あたしが名を呼んで、手を差し出しても、その猫はつれなかった。

チラリとあたしを見上げただけで、すぐにふいと顔を背ける。

そうして、フローリングの床をスタスタと歩き、あたしのあとからやってきた薫さんにすり寄った。

「ニャア」

「きなこ、ただいま」

薫さんが手を伸ばすと、きなこは甘えた声を出して、薫さんの手にまとわりついた。

「はあ、やっぱり子猫の時から飼ってるだけあるなぁ」

言いつつ、あたしは改めて冷蔵庫へ向かい、中から麦茶を取り出した。

「あ、冷蔵庫にアイス入ってるよ」

「あーアイス、帰りに食べたんで」

「そう？」

「薫さん、遠慮なくどうぞ。きなこと2人で」

喉《のど》を潤したあたしがやっぱり笑顔で応じると、薫さんは一瞬、どこか複雑そうな表情を浮かべてから、小さく「うん」とうなずいた。

「あ、晩ご飯できたら呼ぶね」

「あーいっ」

あたしはリビングを出て、階段を上がった。

「きなこ、おやつにする？」

「ニャア」

そんなことを話している薫さんときなこの声を聞きながら、2階にある自分の部屋に入る。

「はー、薫さんも大変だ」

ドアを閉め、自分の声が1階に聞こえなくなったのを確認したところで、あたしは独り言を口にした。

さっきの敦賀のおばさんとのことだけじゃない。

家にいる時、薫さんはいつもあたしに気を遣っている。何かと声をかけてきて、一方で干渉しすぎないように退《ひ》くべきところでは退いて。それでも放任はしたくないのか、時々踏みこんできて。

身も蓋《ふた》もなく言ってしまうと、いらないんだけどね、そういう気遣い。

いま、あたしたちはそれなりに問題なく日々を過ごせてると思う。もちろん、あたしは薫さんのことをお母さんとは思ってない。薫さんだって、あたしのことを娘だなんて思ってないだろう。それでも、同じ家には住んでいる。

それ以外に何かいる？

「ほっといてくれていいのに。あたしはあたしで、勝手にするん、だ、か、ら」

あたしの部屋にはロフトベッドが置いてある。

持っていた鞄《かばん》を部屋の隅に放り捨てると、あたしは椅子を踏み台にして、そのロフトベッドの上に手を伸ばした。

ごそごそと敷布団の奥を漁《あさ》ると、ひんやりとした物に指先が触れた。隠していたそれを、あたしは体を反らして引っ張りだす。その途端、体勢を崩した。

「うあっと！　と！　と、と、と！」

ひっくり返らなかったのは日ごろの訓練の賜物《たまもの》とかじゃなく、ただ運が良かっただけ。

くるりと体を回転させたあたしは、そのままストンと、踏み台にしていた椅子の上に座り直した。

さすがに、一つ大きく息を吐きだす。

そうして、手の中にあるそれに視線を落とした。

——白いお面。

といっても、お祭りで子ども相手に売ってるキャラクター物の面なんかじゃない。表面の手触りは、ここ常滑の特産品にもなっている常滑焼のそれによく似ていた。

ただ、不思議なのは、いつ触っても温度が一定なこと。今もそう。はっきり言って、この部屋は暑い。夏服を着るこの季節、あたしが帰って来るまで窓も閉め切っていたのだから当然だ。ところが、布団の奥に隠していたお面は、まるで冷蔵庫で冷やしたように表面がひんやりしていた。それこそ、お面自体に保冷剤でも仕込まれているかのように。どういう理屈でこうなっているのか、あたしにもよく分からない。

ただ、そんなことはどうでも良かった。

大事なのは、これがあたしにとって、日々の楽しみの半分を与えてくれる魔法の道具ってことだ。

「ふふ……あたしの勝手にするんだから」

そう。

今のあたしは、薫さんを含め、この家の中にあるもの全てに興味はない。関わりを持ちたいとも思わない。

大事なのは外だ。ヨリちゃんだ。そして、何といっても日之出だ。

このお面はその大事な大事な日之出と、あたしを近づけてくれる。

小さく笑い、あたしは椅子から立ち上がると、手にしたお面を自分の顔に着けた。

続けて、その場で後ろ向きに宙返りする。

瞬間、あたしの全身が光の粒子に包まれた。

蝶《ちょう》の鱗粉《りんぷん》を大量に撒《ま》き散らしたような、きらきらとした輝きだった。と同時に、それまで部屋の窓と同じくらいの高さだったあたしの視点が、洗濯物カゴくらいまで急降下する。

ふと横を見ると、床に放りっぱなしにしていた鞄の金具部分に、あたし自身の姿が映っていた。

その姿は、制服を着た笹木美代ではなく、制服を着たムゲでもなく。

真っ白な猫、だった。

3

梅雨明けと言いつつ、その実、小雨模様の中で行われた、この間のお祭り。

天気もそうだったけれど、あたしにとって自分史上、最低最悪のお祭りになりそうな雰囲気があった。

まず、ヨリちゃんがお祖母《ばあ》ちゃんの法事で一緒に行けなくなった。この時点で雲行きが怪しくなった。そして、よせばいいのに、あたしもヨリちゃんがいないからと、お母さんからの「一緒にお祭りに行こう」っていう誘いに乗ってしまった。ここで言うお母さんは薫さんのことじゃない。本当のお母さん――小学生の頃、あたしを置いて家を出て行ってしまったお母さんだ。

しかも、いざお祭りで顔を合わせてみると、昔に比べてちょっとお化粧が濃くなったお母さんの口から出てくる言葉は、愚痴だか懇願だかお説教だか、よく分からない代物だった。

「ねえ、美代からお父さんに話してみてくれない？　そうしたら、また一緒にいられる」

そんな勝手なことを口にしたかと思うと、

「お父さん、再婚するんだって？」

そんな自分で直接聞けばいいことをあたしに聞いてきて、

「美代、いいの、怒って当然だもの。でもね、子どもには判らないこともあって――」

そんな昔のお母さんの顔をして、あたしを諭そうとする。

最後にはあたしもキレた。

「あたしに判らないことなら、話したって無駄だよ！」

実際、あたしは今でもお母さんがなぜ家を出て行ったのか、よく知らない。あの時、残ったお父さんは色々説明してくれたけれど、その話をあたしは半分も信じなかった。だって、片方だけが一方的に言ってることだったからね。それに、お父さんはお父さんで、お母さんがいなくなってから、そんなに間が空かないうちに、薫さんとあたしを会わせたりしていたし。

判っているのは、昔、家を出て行ったはずのお母さんが今になって、家に戻って、またあたしと一緒に暮らしたがっていること。

だけど、すでに薫さんという人がいるお父さんにとって、そんなことは論外で、だから、お母さんはあたしを味方につけて、あれやこれやしようとしていること。

――嫌いだ。

霧のように細かい雨が降る中、お祭りの出店の前で無理やりお母さんと別れたあたしは、石畳が敷かれた道をトボトボ歩いていた。

不思議と辺りに人はいなかった。

ただ、道の両脇に絶えることなく並んでいる、赤い木製の灯籠《とうろう》だけがやけに目を惹《ひ》いた。灯籠は明々と輝いていて、灯《あか》りを覆う窓部分に墨で描かれた「御神燈《ごしんとう》」の文字がくっきり浮かんでいた。

――こんな世界、嫌いだ。

歩きながら、あたしは胸の内で何度も繰り返した。

――滅びちゃえばいいんだ。

その時だった。

「ぷはぁっ！」

突然の声に、あたしはさすがに驚いた。

なぜなら、ついさっきまで、道の後にも先にも誰もいなかったからだ。

けれど、その出店は確かにそこにあった。

赤く塗った木で組んだ台の上に並ぶ、色とりどりのお面。

ただ、色は多彩だったけど、面の形はどれも似たり寄ったりだった。

全部、猫の顔をしているのだ。

「お面……？」

あたしがつぶやくと、台の横に座りこんでいた店主がちらりとこちらを振り返った。

なんだか古風な着物を着ていて、妙に太った――いや、体そのものがやけに大きい店主だった。

「いらっしゃい」

深く帽子をかぶった店主は、手にしたキセルをぷかぷかと吹かし、あたしにニヤリと笑いかけてきた。

「着けてみるかい？」

その瞬間、あたしの両脇を、妙に冷たい風が駆け抜けた。

道の両脇に並ぶ赤い灯籠の文字が、「御神燈」から「猫燈」に変わっていたことに気づいたのは、ずっと後になってからだった。

※

……とまあ、以上がこの猫になれる不思議なお面を、あたしが手に入れた経緯。

なに、意味不明？　よく分からない？

ご心配なく。あたしもさっぱり分からない。

あの灯籠に囲まれた石畳の道とお店が、現実に存在していた世界なのか。それとも、あたしは何かに化かされてたのか。

今でも確証を持てないでいる。

けれど、そんな確証は別になくたっていいのだ。

なぜなら、あの世界が存在していようがいまいが、あたしは今こうして、お面で猫に変身できるんだから。

――よっと。

川ではなく道路の上を跨《また》ぐようにして造られた地元の名物橋、一木《いちき》橋を渡り、白猫のあたしは道をトコトコと歩く。

不思議なもので、こうして猫になると、体を扱う感覚も猫のそれに近くなってしまうのか、四本足で歩くことにまったく違和感を覚えない。軽々と自分の体を運ぶことができる。

坂道の途中で、あたしはその木造の建物に辿《たど》りついた。

すぐそばにレンガで造られた大きな煙突が見える。ただし、あちらの煙突は最近では使われていないらしい。燃料の主流が薪《まき》から電気やガスに移ったことで、常滑に残る煙突はそういうのが多いんだとか。

そう、ここは焼き物工房と、それに隣接する一軒家だった。

　あたしは建物のそばに置いてある雑多なものを利用して、軽々と一軒家の屋根によじ登った。これもまた猫の体になった特権。人間の体でやる木登りとは比べものにならないほど、色んな場所に登ることができるし、ある程度の高さから落っこちても、怪我なく着地できる。

　屋根の上からあたしは目的の人を探した。

　多分、もう帰ってるはずなんだけどな。

　こっちじゃなく、工房の方だろうか？

　と、その時、耳慣れた声があたしの鼓膜をくすぐった。

「たろー？」

　庭の方角だ。

「たろー、まだ来てない？　たろー」

　あたしは屋根の上を駆ける。

　そして、下に黒髪の頭を見つけると、迷わず屋根から飛び降りた。

「にゃー」

「お、太郎《たろう》……あっ」

　この瞬間、時間の流れがほんの少しスローになったような感覚に、あたしは襲われる。

　あたしの声に気づいたのか、黒髪の頭が振り返った。こっちを見る澄んだ瞳《ひとみ》、少し驚いた顔。あたしはその顔に、自分の体をぶつけるようにして降り立った。

「……わわっ！」

　[illegible]の愛情表現はさすがに無茶が過ぎたらしい。

　突然のことに、相手はバランスを崩し、そのまま後ろに転んでしまった。あたしの小さな体こそちゃんと抱き止めてくれたものの、背後に並んでいた低木の間をゴロゴロと転がり、焼き物工房の前まで到達したところでようやく止まる。

　辺りを一瞬、静寂が覆った。

　仰向《あおむ》けになったその人――つまり、日之出はぽかんとした顔で空を見上げていた。

「にゃあ」

　胸の上に乗ったあたしは、一声鳴いて、その目をのぞきこんだ。

　すると、日之出の表情が変わった。

　クスリという笑い声と共に、口元がほころぶ。あのお祭りの夜にも見せてくれた、小さな子どものような笑顔だ。

「太郎～」

　笑って、もう一度名を呼ぶと、日之出はあたしの脇の下に手を入れ、体を持ち上げた。そのまま自分の顔をあたしの顔に近づけ、鼻を寄せる。

「お前は太陽の匂いがするなぁ」

――日之出ぇ。

と応《こた》えるあたしの言葉は届かない。

いまは猫だから、その言葉はどうしても日之出には「にゃあ」という猫の声にしか聞こえなくなってしまうんだ。でも、猫でなければ、日之出はこうして自分から顔をすりすりしてくれないし、その名前で愛情たっぷりにあたしのことを呼んでくれたりもしないだろう。

そう。

これが前に話し損ねていた、あたしの三つ目の名前。

太郎。

日之出があたしにくれた、笹木美代でもムゲでもない名前。

うん。

もう分かってると思うけど、ヨリちゃんに話した登窯広場での日之出とあたしの思い出、あれは美代やムゲじゃなく、太郎の体験だ。

なら、こんなこともできるからね。

「にゃあ」

地面の上に寝転がったまま、あたしと日之出は互いの頬を何度も何度も触れ合わせる。

「賢坊？　何やってんの？」

いつの間にか、工房に務めている若い職人さんが建物の外に出て来て、少しあきれ顔でこっちを見ていた。

※

ひょっとすると、あたしはあのお祭りの夜、人間でいることに嫌気がさしてしまったのかもしれない。

お母さんのこと、お父さんのこと、家のこと、何もかもが嫌になっていて、世界が壊れろとまで願った。だから、あのお面屋に出くわし、この猫になれるお面を手に入れた。もし、あの時、何もなければ、お面を着けたまま、ずっと猫になっていたのかもしれない。

だけど、猫になったあたしはあの夜、日之出に出会った。

打ち上がる花火を背景に、あたしに語りかけてきた日之出の優しい瞳。学校では見せたことのない、子どもみたいな笑顔。

「ここから出た時、世界が全部なくなってたら、それはそれで困るよな」

あの言葉――。

この世界も捨てたもんじゃない。

あたしは日之出のおかげで、そう思えたんだ。

※

日之出の家の焼き物工房は、日之出のお祖父《じい》さんのお祖父さんが開いたものらしい。

日之出の家族はお祖父さんにお母さん、お姉さんに、そして、日之出の４人。

お父さんはいない。日之出が中学に上がる前くらいに亡くなったそうだ。あたしが太郎でいる時、そんな話を小耳に挟んだ。

日之出は焼き物を作っているお祖父さんをとても尊敬しているようで、家に帰ってくると、いつもお祖父さんの工房に向かい、自分も焼き物作りに励んでいる。

ただ、日之出のお母さんはそんな日之出にいい顔をしないらしいんだよね。

まあ、あたしも日之出も中学生。あんまり思い出したくないけど、広く世の中に認められた本業は、何といっても「お勉強」なわけだし。

今日も、家を出てくる時に日之出はお母さんからお小言を貰《もら》ったようで、お祖父さんと並んでろくろを回しながら、少しうんざりしたようにそのことを話していた。

お祖父さんの方はというと、そんな日之出のお祖父さんの話を穏やかな表情で聞いている。あたしは太郎になってから、初めて日之出のお祖父さんと顔を合わせたわけだけど、このお祖父さんは本当にいつも温和な人だ。怒ることなんかないんじゃないかって思えるくらい。しかも、そうやって日之出の話に相槌《あいづち》を打ちながらも、土の形を整えていく手つきにまったく乱れがない。常滑に住んでいながら、焼き物には興味がないあたしだけど、それでも、日之出の言うお祖父さんの凄《すご》さはいくらか理解できる。

「あいつも色々と不安なんだろう」

一通り、日之出の話を聞き終わったあとで、お祖父さんは落ち着いた声でそう言った。ここで言うあいつっていうのは、お祖父さんの娘さん、つまり日之出のお母さんのことだ。

「気にすんな。お前はおれとは頭の出来が違うから、幸子《さちこ》が夢見るのも分かるがな」

実際、学校での日之出の成績は良い。

特にここ最近は点数が伸びていた。あたしは太郎だから、その理由も少し知っている。放課後、日之出は工房にいる時以外の時間を、ほぼ勉強に充てている。多分、お母さんに文句を言わせないためだろう。こうして自分が工房で、お祖父さんから焼き物のイロハを習うことに対して。

「じいちゃんは格好いいよ」

こちらもろくろを回しながら、日之出はお祖父さんにそう応えた。お祖父さんが手を止めずに「はは」と楽しそうな笑い声をあげる。そんなお祖父さんとは対照的に、日之出の顔は真剣だった。今、日之出がろくろの上で形を整えているのは、中くらいの大きさの皿。慎重に重ねた日之出の手の中で、皿の縁が薄く伸びていく。

と思ったら、不意に土の形が壊れた。

回るろくろの上で皿の縁がぐにゃりと曲がり、波打ち、それはもう皿というより、前衛芸術を取り入れた斬新《ざんしん》な花器のような形になってしまう。

「あっ……」

声をあげた日之出を、お祖父さんが自分の作業を続けながら、ちらりと横目で見た。その顔は苦笑まじりだった。ただ、続けて口をついて出てきた言葉は、間違いなく先生のそれだった。

「心の乱れは器に出る」

「……はい」

日之出が少し肩を落として、素直にうなずいた。

太郎のあたしはそんな日之出に向かって、猫の体を伸ばした。ろくろの前に座った日之出の太ももを前足で何度も揉《も》む。それこそ、がんばれ、へこたれるな、お祖父さんはもちろんだけど、日之出だって凄い――そんな気持ちをこめて。

ただ、残念ながら、あたしの気持ちはうまく伝わらなかったらしい。

「ん？　腹減ってるんだな？」

「にゃ」

「じいちゃん、台所借りる」

「ああ、それじゃ休憩にするか」


工房のすぐ近くには、お祖父さんが暮らしている母屋がある。

母屋の台所は、本当に台所という呼び方が似合う場所だった。

システムキッチンだとか、洒落《しゃれ》た言い回しで呼ぶような空間じゃない。そもそも、裸足《はだし》やスリッパじゃなく、下履きで作業するタイプの台所だ。給湯器はなく、蛇口から出てくる水は地下水。置かれた冷蔵庫も大きさはともかく、型式は古く、ドアの数は少ない。

ただ、あたしはこの場所が気に入っていた。

理由？

日之出が気に入っているみたいだから。

そういう意味では、焼き物も同じかな。

あたし自身は焼き物に興味ない。でも、日之出が好きでやっているみたいだから、好き。大好き。やっぱり興味はないけれど。

日之出はガスコンロの前に立ち、鍋《なべ》に入れた鶏《とり》のササミ肉の茹《ゆ》で具合を見ている。

あたしが「にゃあにゃあ」と甘えて、そんな日之出の足元にまとわりついていると、頭の上から少し野太い声が聞こえた。

「良かったなあ、太郎」

お祖父さんの工房に務めている職人さんだった。確か、苗字《みょうじ》は坂口《さかぐち》さん。下の名前は知らない。歳は20代の半ばくらいだと思う。工房で正式に働いているのはお祖父さんと、この男の人だけだ。日之出はあくまで見習いっていう立ち位置らしい。

「太郎は賢坊の手作りが一番なんだもんな」

冷蔵庫から取り出したペットボトルのお茶を飲んでいた坂口さんは、そう言って笑ったけれど、

「しっかし、こいつ、毛づくろいも爪磨《つめと》ぎもしない、変な猫だよなぁ」

そんな言葉を口にしながら、あたしに触ろうと手を伸ばしてきたものだから、あたしは即、お気持ちを表明することにした。

つまり、

「しゃーっ！」

身構えて、思いっきり威嚇の声をあげたのだ。

「おお、こわ」

坂口さんが笑みを苦笑いに変えて、手を引っ込める。

ふん。気安く近づいてもらっちゃ困る。今のあたしは確かに太郎で、猫だけど、撫《な》で撫でしたり、頬をスリスリしていいのは、日之出だけだ。

「お前は太郎の生まれ変わりなんだよな」

その日之出はそんなことを言った。

太郎というのは、元々、日之出が昔飼ってた犬の名前なんだとか。まだ日之出のお父さんが生きていた頃に飼われていたその犬は、家族の中でも日之出に一番懐いていたらしい。

「よし、できた」

言って、日之出は茹で上がった鶏のササミ肉を皿に移した。そうして、皿をあたしの前に置く。

はい、ここでまた日之出の魅力をあたしに語らせてほしい。

なんと、日之出はこう見えて、料理が一通りできる。

あたしと同い年でこれって、普通に凄くない!?　いや、あたしどころか、そもそも、日之出のお姉さんだって、料理はほとんどできない。なのに、弟の日之出はできる。いったい、どんな子ども時代を送ったのか、過去に戻って、ついでに太郎になって、傍でずっと見てみたいくらいだ。

「にゃん」

一声鳴いて、あたしは日之出が用意してくれた鶏のササミに、喜んでかぶりついた。猫に変身しているとはいっても、あたしの味覚は猫のそれじゃなく、人間だった時のものに近い。

だから、完全なキャットフードみたいなものは無理。舌が受け付けない。

けれど、日之出が茹でた鶏のササミ肉は、人間でも食べられる味付けになっている。薄めに塩と出汁《だし》を利かせた肉の甘み。日之出も最初は猫向けのものをあたしに食べさせようとしたのだけど、それだと、あたしが食べられないものだから、味付けを変えてくれたんだ。

「他でもエサ貰《もら》ってんだろ。太るぞ」

夢中になってササミ肉を噛《か》んでいると、背後から坂口さんの声がした。お茶のペットボトルを手にしたまま、煙草を吹かしている。

日之出はササミを食べるあたしの背を軽く撫でながら、

「俺、猫は太ってるほうが好き。病気になるほどじゃ困るけど」

ほうほう、なるほど。

いまのも初めて聞いた情報だ。

あたしの日之出メモにしっかり書き留めておかないと。

太郎だと、こういったことも聞けるのが特権なんだよね。学校では見られない日之出の顔、聞けない話。そんなものに触れるたびに、あたしはますます日之出のことが好きになっていく。日之出もまた、太郎になったあたしのことを可愛がってくれる。

いつか、こんな日之出を太郎じゃなく、ムゲや笹木美代のあたしでも見ることができたら……そうは思うのだけど、現実は中々厳しい。

――せめて、笑顔だけでも見られたらなあ。

ササミ肉を食べながら、あたしがそんなことを考えていた時だった。

前触れもなく、辺りに「ゴーン、ゴーン」という古めかしい鐘の音が鳴り響いた。

お祖父《じい》さんの家の古時計が鳴った音だった。針が午後7時を指している。季節は夏。まだ、夜闇に町が完全に沈む時間じゃない。窓から見える空には夕焼けの赤みが残っている。けれど、しまった。

太郎の時間はここまで。

あたしは家に帰って、笹木美代として、薫さんの作った晩ご飯を食べないといけない。でないと、騒ぎになる。これが人と猫の二重生活の辛《つら》いところ。

いまのあたしに後ろ髪はないけれど、その存在しない後ろ髪を引かれる思いで、あたしはここでの食事を切り上げた。

そのまま駆け出し、外に出ようとする。

でも、そこで日之出が残念そうに言った。

「太郎、もう帰っちゃうのか？」

「！」

あたしの足は止まった。

いや、止まるしかなかった。

――もう帰っちゃうのか。

何たる……何たる腰砕けワード！

だって、そうでしょ？　あの日之出が、あたしが帰るのを残念がってるんだよ？　引き留めたがってるんだよ？　もう、後ろ髪どころか、頭ごと日之出に引っ張られてる気分。また世界が変わりかねない。ヨリちゃんと日之出以外の人間がカカシになってしまう世界。しかも、その世界はバラ色に輝いていて、すっごく甘美な匂いがするんだ。吸いこんだだけで、頭の芯《しん》から足の先まで痺《しび》れてしまうような。

だけど、それでもあたしは帰らなければいけない。別に帰りたいとも思わない家に。

だから、あたしは一度だけ振り向き、大好きな日之出の姿を自分の瞳《ひとみ》に宿すと、全身の想いをこめて鳴いた。

「にゃあっ！」

ほんの少しでも日之出に届いたらいいな、と思う。

※

……少し興奮しすぎた。

人によって、興奮した時、表に出る生理現象は差があるのかもしれないけれど、あたしの場合、特に太郎になっている時は、それがあまり大きな声で言えない形で出る。

つまり、「お」のつく手洗いに行きたくなってしまうのだ。

もちろん、今は人間ではなく猫の姿。

いちいちトイレっていう文明の利器を使わなくても、適当にその辺で——なんて絶対にできるわけがない。

しかも、当たり前だけど、世の中に存在する公衆便所のほとんどは人間用だったりする。猫の体だと、これがもう使いにくくて使いにくくて。人目を避けて中に入るまではそう難しくないのだけど、その先は本当に四苦八苦させられる。用を足した後、手を洗うのもまた一苦労。だから、本当は家に帰って人間に戻るまで我慢した方がいい。

ただ、こればっかりは我慢にも限界っていうのがあるんだよねぇ……。

「はあ」

家に帰る途中、立ち寄った公園の公衆便所で用を足した太郎のあたしは、外に出ると、軽く吐息した。

「トイレの心配がなければいいのになぁ」

公園にある水飲み場の蛇口を、猫の手で何とか捻《ひね》る。

寄り道をしたせいか、陽はすっかり落ちていた。

いまからでも薫さんの晩ご飯には何とか間に合うだろう。でも、あまりのんびりもしていられない。特に、猫の世界の話をすると、この辺りはあの性悪猫、キジトラの縄張りらしいんだ。あいつは、新参者のあたしが気に入らないのか、姿を見ると、必ずちょっかいをかけてくる。さっさと退散した方がいい。

蛇口をもう一度捻って、あたしは水を止めた。

だけど、その時、近くで「ガタン！」という大きな物音がした。公園に置いてある自販機の辺りだった。咄嗟《とっさ》にあたしはその場から飛び退いて身構える。

「来たかっ、キジトラ！」

けれど、そうではなかった。

薄暗い公園の中でも、明かりがついた自販機の周辺には光がこぼれている。

その光源となっている自販機の取り出し口がガタガタと震えていた。持ちあがったプラスティック製のカバー。その中から、何か妙なものが出て来ようとしている。一見、膨らんだ風船のようだ。しかし、そいつがさらに出てくると、風船は狭い出口から無理やり這《は》い出ようとした結果、単に体が変形してそう見えていただけというのがよく分かった。元の形は風船というほど可愛くない。丸々と肥えた体に、古風な着物を着た姿。このサイズでどうやって自販機の中にいたのか、１００万回は問い質《ただ》したくなる大きさだ。が、この相手にそんなことを尋ねたところで、まともな答えが返ってくるはずがないことも、あたしはすでに知っている。

「ぬな～」

そんな声と、「スポン！」という妙にコミカルな音と共に、相手は完全に自販機の外に飛び出してきた。

着物を着ているとは言ったけれど、実を言うと、その顔は人間のそれじゃない。あたしもお祭りの夜、初めて会った時は気づかなかったのだけど、それはどう見ても三毛猫なのだ。

「なんだ、あんたか」

あたしは威嚇のポーズを解いた。

そんなあたしを見下ろして、相手はニヤリと笑う。

そいつはあたしに猫になれるお面をくれた、あのお面屋だった。

4

胡散臭《うさんくさ》いと言えば、あたしは生まれてこの方、こんなに胡散臭いやつを見たことがない。

着物を着て、キセル煙草を吹かすところもそうだけど、形は猫のくせに二足歩行するし。まるで人間のように流暢《りゅうちょう》に言葉を話すし。猫のあたしが話す言葉もちゃんと理解してるし——あ、いや、それは猫同士なんだから、当たり前か。

とにかく、全身から怪しさが滲《にじ》み出てるやつなんだよね。

その三毛猫の顔をしたお面屋は、自販機の前で「う〜ん」と大きく伸びをすると、近くにある公衆便所とあたしを見比べて、からかうようにこう言った。

「日之出んちでしてくれればいいのに。そうすりゃ、もっと長く一緒にいられる」

なに馬鹿なことを口にしてるんだか。

「やだよ。お尻拭《しりふ》けないじゃん」

「猫は紙なんていらないよ。舐《な》めりゃ終わりだ。エコだね」

「恐ろしいこと言うな！」

「心に壁を作りなさんな。猫としての人生――いや」

言いながら、お面屋は妙にぬるっとした動きで、あたしに大きな顔を近づけてきた。爪の生えた手（前足？）で、あたしの頬を掴《つか》むように、つるりと撫《な》で、

「猫生を楽しまなくっちゃ」

一瞬、背筋がぞわっとした。

あたしは後ろに飛び退《すさ》る。

「言われなくても、満喫してます！」

「んな～はっはははははは」

お面屋が耳障りな声で大笑いした。辺りに人がいれば、間違いなく気づかれる大声だ。ただ、これも妙な話なんだけど、こいつがあたしの前に姿を現す時、周囲に人間がいることは絶対ない。まるで人間の存在そのものが世界から消されたように、辺りは無人になっている。

誰もいない公園に笑い声を響かせて、お面屋はさらにこんなことを言った。

「なら、その面をあげる代わりに人間の顔をあたしにおくれ」

「はあ？」

「もういらないだろう？」

「やだよ！」

とうとう、あたしは逃げだした。

公園の外に向かって走る。

お面屋は二本足で歩いて、あたしのあとについてきた。

「猫になりたい人間には猫の顔を、人間になりたい猫には人間の顔を売るのが、あたしの仕事なんでねえ。そんであんたは素敵な猫の一生を手に入れる」

どこまで走っても、妙に粘っこい口調で話すお面屋の声が背後から追いかけてくる。

「来んな～っ！」

「面倒くさい人間の顔なんて棄てて、スイ～トキャットラ～イフ」

ただ、そこで唐突にお面屋の足音が聞こえなくなった。

「あれ、消えた……？」

振り返ってみると、あの肥えに肥えた巨体も見えなくなっていた。

「ったく、なんだよ、スイートキャットライフって……」

あたしも走るのをやめて、一息つく。けれど、その途端、消えたと思ったお面屋が真横にいることに気づいて、あたしは飛び上がった。

「にゃっ！」

一体、いつの間に廻《まわ》りこんだのか、お面屋は道の脇に置かれたベンチに、どっかりと腰を預けていた。

「あたしは応援してるよ」

　と、お面屋は手にしたキセル煙草を大きく吸ってから、「ぷはあ」と煙をあたしの顔に吹きかけてきた。

「ケホッ、ケホッ」

「日之出に話してごらんよ。太郎の正体は、実は私なのでございます――。そうすりゃ、ツレない日之出もイチコロだ」

「ケホ……いや。いやいやいやいや、ないない。それはない」

　煙草の煙に咳《せ》きこみながら、あたしはあわてて首を左右に振った。

「そもそも、信じてもらえないし。仮に信じたとしても、太郎の方が嫌われたらどうすんのさ？」

　ムゲの時の日之出の態度を思えば、ないとは言い切れないのが辛《つら》いところ。

だから、

「太郎として情報収集して、ムゲの状態で親しくなるんだ」

「でも、順調に嫌われてるようだけど？」

「うっせ！　うっせうっせうっせうっせっ！　大体、あんた、怪しすぎるんだよ！」

　いきなりあたしの前に現れて、この猫になれるお面を渡してきたことはもちろんなのだけど、こいつはなぜか、あたしのことをよく知っている。日之出のこと、学校のこと、家のこと、家族のこと――まるで見てきたように話しては、人間の生活をけなし、猫の生活をあたしに薦めてくる。それはもう、しつこいくらいに。

「タダで猫の顔とあたしの顔を交換して、あんたには何の得があんの⁉」

「善意のリサイクル活動ぉぉぉっ」

「嘘つけっ‼」

今度は逃げるのではなく、あたしは思いきってお面屋に飛びかかってみた。

が、

「ぬゅはははははははっ！」

お面屋は軽々とかわして、猫のあたしを超える跳躍力で空に飛んだ。いや、それはもう跳躍力うんぬんの話じゃなかった。くるくると横向きに回転しながら、お面屋はまるで竹蜻蛉《たけとんぼ》のように宙を舞う。そうして、近くにあった土管の中に飛びこんだ。土管って言っても、実用的なものじゃない。あくまで公園の景観の一部、使われなくなった土管をオブジェとして設置してあるものだ。飾りだから、土管の先がどこかに繋《つな》がっているようなこともない。

けれど、駆け寄ったあたしが土管の中を覗《のぞ》きこんでみると、お面屋の姿は影も形もなかった。

「ええ……」

いつも言いたいことだけ言って、自分が消えたい時に消える。やっぱ、胡散臭すぎ。

まあ、この猫になれる便利なお面をくれたことだけは、あたしも多少、恩を感じないわけではないんだけど。

ただ、いまのあたしは人間と猫の二重生活に満足しているから、あいつが何を言おうと、従う気はない。

そのことは、いずれはっきりさせておかないと――。

※

家に帰ってみると、その日の晩ごはんは、豚肉の生姜《しょうが》焼きと、里芋の煮っころがしだった。

生姜焼きはともかく、里芋の煮っころがしは、なんとなく昔の記憶が頭をよぎる。

小さい頃、あたしはお母さんの作ってくれる里芋の煮っころがしが大好きだった。

外で売っているものとは違って、少し塩分がきつめで、その分、芋の甘みが引き立てられていて。

晩ごはんに煮っころがしが出る時は、夕食の時間になる前から、お母さんに「煮っこぉがし、煮っこぉがし」とせがんで、つまみ食いさせてもらってたほどなんだよね。

ただ、今、食卓に並んでいる煮っころがしは、お母さんが作ったものじゃない。

形はきれいだけど、色も味も薄い。

「煮っころがし、美代も食べろよ。好きだったろ?」

一口だけ食べた後、あたしが手を付けずにいると、斜め向かいの席に座ったお父さんが促してきた。

「ん〜」

「味、薄い?」

あいまいに応じると、今度は正面の薫さんが少し心配そうにたずねてくる。

これに答えたのはあたしじゃなく、お父さんだった。ぱくぱくと薫さんの煮っころがしを口元に運びながら、

「ん……いや、うまいよ。この方がヘルシーだし。味も料亭風だ」

「え、ホント?」

「ああ。な?　美代?」

「料亭、行ったことありませーん」

……胸の内にぽっかりと空いた穴に、寒々とした風が吹きこんでくる。

あたしはそれを無視して、少しおどけた口調で答えた。

煮っころがしじゃなく、生姜焼きの方にかぶりつき、

「若者はやっぱり濃い味と脂身だよ〜。んぐ」

「太るぞ」

「ひのれがぁ、ひょっと太ってた方がいいって」

言葉が変になったのは、もちろん口の中に詰め込んだ生姜焼きのせい。

通じようが通じまいがどうでも良かったけれど、これを聞くと、お父さんは急に大きく目を見開いて、身を乗り出してきた。

「ひのれ？　誰？　彼氏か!?」

「関係ないし〜」

「そうなんだな!?　どんなやつだ!?」

まるで、お父さんが「お父さん」みたいな顔をして、あたしを追及してくる。……ごめん。悪いけど、死ぬほど、うざい。

あたしが知らぬ顔を決め込んでいると、お父さんは薫さんまで巻きこみ始めた。

「薫、知ってるのか？」

「あ、ううん」

「そうだ、今度うちに連れてきて、薫に会ってもらったら、どうだ？」

「えっ……」

その瞬間、薫さんの声が確かに凍った。

憚《はばか》るようにして、こちらを見る薫さんの気配があたしにも感じられる。

あたしはそれも知らないふりをして、今度は薫さんが作った煮っころがしに口をつけた。

味はやっぱり薄かった。

その間も、お父さん主演の「家族の絆《きずな》ごっこ」は続いていた。

「女子のあれは、やっぱり女同士じゃないとな。何でも薫に相談するといいぞ。同級生か？　先輩か？　向こうから告られたのか？」

当の薫さんは口を挟めず、身を硬くしている。

仕方なしに、あたしが応じるしかなかった。

「だから、そんなんじゃないって」

「照れなくたっていいじゃないか。なあ？」

「照れてないってば」

口から出てくる言葉が全部虚《うつ》ろだ。

逆に、胸の奥に沈んでいく思いはどんどん重さと冷たさを増していく。

――いいから、構わないで。

ここはあなたたちの場所って分かってるから。

「……そうっ！」

自分の部屋に戻り、あたしは初めてあたしの言葉を発した。ただし、1階には聞こえない程度の声量で。それでも強い口調で。

「あたしはなるたけ早く日之出と結婚して、さっさとこの家を出ていくんだ！」

目を閉じ、その瞬間を想像しながら、くるりとその場で自分の体をバレリーナのように回転させる。

「そのためにも、このチャンスは逃さない！」

胡散臭《うさんくさ》いお面屋のことは気になるけど、とにもかくにも、いまのあたしにはこの猫になれるお面がある。これをうまく使えば、太郎じゃないムゲとしてのあたしも、いつかきっと日之出と――。

「あのとき、ただ拾ってもらったからじゃない」

雌猫に太郎と名付けるセンス。その理由が、昔、自分の飼っていた愛犬の名前だったから、という律義なところ。元々頭は良いのに、日々、努力する姿。日之出の素の顔を知れば知るほど、あたしの中の「好き」は増していく。

ただ、そんな日之出が最近、何かに悩んでいるように見えるのが、あたしは気になっていた。

翌日もそうだった。

放課後、いつものように太郎になって日之出のところに向かうと、その日の日之出はおじいさんの工房には行かず、自分の部屋で勉強に励んでいた。

太郎のあたしが部屋の窓を前足で突くと、日之出も喜んで中に迎え入れてくれた。

だけど、あたしにかまって遊んでいるうちに、ふと日之出がつぶやいたのだ。

「あーあ……いいな、太郎は」

それは近頃、太郎のあたしの前で日之出がよく見せる表情だった。

ぼんやりとした顔に、ぼんやりとした眼差《まなざ》し。

瞳《ひとみ》は太郎のあたしの姿を映している。けれど、その目はどこか別のところを見ている。そんな表情。

何か心配ごとがあるのは間違いない。

でも、その何かがあたしには分からない。それがひどくもどかしい。

分かりさえすれば、太郎のあたしじゃなく、ムゲのあたしでも日之出の力になれるかもしれないのに。

いつでも、そうしたいのに……。

「………」

机の前で黙りこんでしまった日之出の顔を、あたしはじっと見つめる。

日之出はなおもボーッとしていたけれど、やがて、我に返ったように軽くまばたきした。

　そして、こう言った。

「あ、明日《あした》の弁当、作んなきゃ」

「にゃっ」

　現金な話だったけど、思わずあたしも声をあげた。

　日之出の手作り弁当!?

　――食べたい。

　心の底からそう思った後で、少し反省した。

　ほんのちょっと前まで日之出の力になりたいとか考えていたはずなのに。

　これじゃ本当に餌に釣られる猫だ。

interlude
2

あるいは
陽だまりに
まどろむ
煙突の裏で

※

晴れた空の下で、その建物は静まり返っていた。

もちろん、それ自体は異常なことではない。

定期的に土地の管理人が手入れに訪れるとはいえ、元々そこは使われていない焼き物工房である。普段は人の気配など皆無であり、物音がする方がおかしい。

ただ、建物の前を通りかかった時、きなこは決して無視できない異様な気配を感じた。

喩《たと》えて言うなら、静寂の中に冷えた夜風が混じっているような。きなこの周囲は夏の午後らしく、セミがうるさく鳴いているというのに。

家に帰るつもりだったが、気になって工房の裏手に廻《まわ》ってみた。

「じいさん、いないの？」

この裏庭は顔見知りの老猫の根城だった。

だが、その黒い姿は裏庭のどこにも見当たらなかった。

主《あるじ》のいない土管だけが、しんとした庭に鎮座している。

「じいさん？」

もう一度、呼んだ時、

「無駄だぞ」

不意に背後で誰かの声がした。人ではない。きなこと同じ猫だ。振り返ってみると、そこにいたのは大きなキジトラ猫だった。体重だけなら、きなこの倍以上はあるだろう。もちろん、きなこもよく知っている。この辺り一帯に住む猫たちのボス。名は見た目通りの、

「キジトラ」

「じいさんなら、もう隠れた」

「！」

それは猫の間でよく使われる隠語だった。

猫の多くは自分の死骸《しがい》が誰かの目に、特に人間に見られるのを好まない。だから、突然の事故に遭遇するような場合を除いて、死期を悟った猫は人目につく場所から姿を消す。そのことを「隠れる」という。ここは無人の工房だが、管理人だけは定期的に訪れるので、老猫は立ち去ったのだろう。寿命が尽きかけていた自分の死に場所を求めて。

おそらく、もう生きてはいまい。

「そっか……」

きなこは裏庭に置かれた土管を見上げた。

いつもそこに寝そべっていた老猫の姿がないと、放置された土管は一層古ぼけて見えた。景色というのはこうして朽ちていくものなのかもしれない。いずれまた、この場所を根城にする別の猫が現れるだろう。だが、その時にはもう、ここはきなこの知る場所ではなくなっている。

キジトラがまた言った。

「お前への伝言は預かってない」

「いまどきのボスは、遺言の管理なんかもすんの？　律儀だね」

最近、この辺りをうろいている白猫などは、キジトラのことをただの乱暴者と思っているようだが、事実はそうではなかった。そもそも、猫社会のルールを知らず、他の猫の縄張りを無断で踏み荒らしているのは、あの白猫の方だ。キジトラはそれを躾《しつ》けようとしているだけ。ここら一帯の猫たちは、キジトラが見張ってくれるからこそ、余所者《よそもの》の縄張り荒らしに怯《おび》えることなく、平和に暮らせている。

「他の連中はともかく、お前は知りたいかと思ってな」

「そりゃどーも。でも、期待しちゃいないよ。別に私はじいさんの娘ってわけじゃなかったしね」

　きなこがそう答えると、キジトラは「フムン」とつぶやき、前足で自分の顔を撫《な》でた。

　そして、逆にこんなことを尋ねてきた。

「お前からじいさんに送る言葉は？」

「ない。私たちは猫じゃないか。人間のように仲間の死を必要以上に悼んだり、死者に手向けの言葉を送ったりしない」

「そうかな？」

「そうだよ」

　話をそこで切り上げると、きなこは踵《きびす》を返して、土管に背を向けた。

　静まり返った裏庭を立ち去る。

　キジトラは無言でじっとその場に留《とど》まり、きなこの後ろ姿を見送っていた。

　家に戻ってみると、いつものように飼い主の薫が笑顔で、きなこのことを迎え入れてくれた。

「きなこ、帰ったの？」

「にゃあ」

「なぁに？　帰ってくるなりおやつの催促？」

現金だね、と笑いながら、薫はきなこのために猫用のジャーキーを用意してくれた。

ただ、薫が笑顔だったのはそこまでだった。

きなこが手渡されたジャーキーを食べている間、薫はキッチンのテーブルに腰を預け、ぼんやりと虚空を見つめていた。

その手にはスマートフォンが握られている。

画面には誰かのメッセージが映りこんでいるようだった。猫であるきなこは、人間の言葉で書かれたそのメッセージを読めない。ただ、メッセージの送り主が誰なのかは、薫の態度で予想できた。多分、美紀《みき》とかいう人間の女だ。薫がきなこと一緒にこの家に移り住む前、ここに住んでいた女主人。この家の娘、美代の実の母親でもあるそいつは、自分の代わりに薫が今ここにいることが気に入らないらしく、たびたび薫にちょっかいをかけてくる。直接、ここにやって来ないのが、また卑怯《ひきょう》だった。来たら、きなこが自慢の爪で顔を引っ掻《か》いてやるというのに。

「…………」

やがて、スマートフォンを仕舞うと、薫が小さくため息を漏らした。

最近、本当に回数が増えた——と、きなこは思う。薫のため息の回数。

もちろん、きなこはその理由も知っていた。

そもそも、薫のため息が増えたのは、きなこと一緒にこの家に移り住んでからだった。その時点で、理由など分かりきっている。

ジャーキーを食べ終えたきなこは、ふとリビングの窓に映った自分自身の姿に目をやった。

艶々《つやつや》の茶色い毛に覆われた体。余分な肉がついた箇所はない。薫もきれいだと褒めてくれるが、自分でも自慢の姿だ。もちろん、毛が抜け落ちているようなこともない。

だが、忘れてはならない。

いつか、きなこにも「その時」は必ず訪れる。

ふと、脳裏をあの老猫の顔がよぎった。

土管の上でいつも丸くなっていた黒い老猫。

もう会うこともなければ、言葉を交わすこともない――。

迷っている時間は、あまりなさそうだった。

二章 ―― 無限大謎人間は手紙を書く

I

少し前まで、あたしたちの学校でも給食の導入が議論されていたらしい。

結局、賛否両論で実現することはなかったみたいなんだけどね。

あたし個人の意見を言わせてもらえれば、本当は給食の方がいいかな。自分でお弁当を作る料理の腕はないから、そうなると、購買部のパンか、薫さんにお弁当を作ってもらうしかなくなる。パンはともかく、薫さんのお弁当は何となく気がひける。薫さんだって、娘でもないあたしのお弁当を朝早く作るなんて、大変だろうし。

とにかく、今の時刻は昼休み。

お弁当の時間。

あたしはまた廊下を走っていた。

「日之出ぇ～、サンライズぅ～」

叫びつつ、教室の前で体を後ろ向きにして、その人に向かって、自分のお尻《しり》を突き出す。

「アタぁ〜……くぅっ！」

けれど、今回は完璧《かんぺき》に外してしまった。

廊下に立っていたその人——日之出はひょいと身軽にあたしの突進をかわした。すると、目標を失ったあたしはそのままゴロンゴロンと廊下を後転。

教室のドアの前で、あたしはようやく止まった。

「————」

廊下で、つぶれたカエルのようになったあたしのことを、日之出は無言で見下ろした。

そうして、やはり何も言わず、転がったあたしを避《よ》けて教室の中に入っていった。

苦笑している伊佐美が後に続く。向こうで、坂内と新堀が鬱陶《うっとう》しそうな顔をしてこっちを見ているけど、まあ、それはどうでもいい。

「もお、ムゲ」

廊下に転がったあたしの頭に、何かがポンと置かれた。

ヨリちゃんだった。

手にした自分のお弁当箱をあたしの頭の上に載っけている。

「ほら、ごはんいくよ」

「あい……」

外は晴れていた。

抜けるような青空のあちこちに、夏らしく真っ白な入道雲が浮かんでいる。ただ、それでいて頬を撫《な》でる風は、さわやかな涼風だった。この季節は、たまにこういう過ごしやすい日がある。

あたしとヨリちゃんは教室や中庭じゃなく、隣の校舎の屋上でお昼にすることにした。

「今日のお弁当、製作者お父さんなんだよね」

ヨリちゃんのその言葉に、あたしは軽く笑った。

「おっ、じゃあ、また爆弾おにぎりだ」

「そうそう」

校舎と校舎は連絡通路で繋《つな》がっている。

１階と２階は鉄筋コンクリートの壁や屋根で覆われているけれど、２階部分の上は吹きさらしになった通路。

あたしたちはその吹きさらしの通路を伝って、隣の校舎へ向かった。

「いいなあ、爆弾おにぎり」

「いいかあ？　思いっきり口開けないと齧《かじ》れないし。ノリもべちゃべちゃになるしさ

〜」

あたしとヨリちゃんがそんな話をしながら、通路の半ばにさしかかったところで。

「……無限大、謎。凶暴うざ女、だな」

「はは」

「なんで、あいつ、最近、日之出なの？」

「知らねーけど」

「日之出日之出、うぜーっての」

「日之出も災難だなー。ムゲなんかに好かれて」

「ほんとほんと」

声は通路の下からだった。

連絡通路の横は中庭になっている。

あたしが通路の手摺《てす》りから顔を出してみると、中庭に坂内と新堀の姿があった。購買部で買ったらしいパンを片手に、あたしの陰口で盛り上がっている。

「なに、あいつら」

ヨリちゃんがムッとしたように口を尖《とが》らせた。けど、当のあたしはさっさと顔を引っ込めて背を向けた。

「なんとでも言わせておいてやりますわ」

元々、小学生の頃から無限大謎人間なんて綽名《あだな》をつけられているあたしだ。

あの程度の悪口なんか、とっくの昔に慣れている。パンチ力が足りないんだよね。

ただ、口笛を吹きながら、あたしがその場を離れようとしたら、今度こそ聞き捨てならない言葉が耳に飛び込んできた。

「日之出も最近、なんか調子づいてね？」

「そうか？」

「気取ってるっつーかさ～」

「はあ？」

「急に学年順位あがったの、あれ、おかしいだろ。カンニングだよカンニング。あいつ、小学校の時、オレと変わんなかったんだからさ」

――完全にラインを越えたな。

「え？　ムゲ……？」

あたしはもう一度、手摺りに近づいた。

いや、正確に言うと、自分の弁当箱を手にしたまま、手摺りによじ登り始めた。

「ちょっ……ムゲ！　なにすんの!?」

さすがにヨリちゃんが目を丸くして大声をあげる。

「やめて！　ムゲーっ！　落ち着いて、ねっ!?　誰か止めてっ！」

でも、頭に血が昇るどころか、瞬間的に沸騰して血液が煮立っているあたしは、ヨリちゃんの言葉すら聞き入れる気にならなかった。

不安定な手摺りの上に登りきる。そうして、仁王立ちになると、眼下の馬鹿どもに向かって、大音声を張り上げた。

「日之出に対する今の言葉、取り消してもらおうっ!!」

この時になると、ヨリちゃんの声を聞きつけたのか、周囲の関係ない生徒もこっちに注目し始めた。当然かもしれない。2階程度の高さならともかく、今あたしが立つここは実質3階だ。もちろん、中庭の坂内と新堀はとっくの昔に気づいていた。あぜんとしたように、こっちを見上げている。

あたしはまだ言い足りなかった。

だから、2人を睨《にら》みつけたまま、足の下の手摺りを蹴《け》って跳んだ。背後でヨリちゃんの悲鳴、そして、ふわりと自分の体が宙を舞う感覚。ムゲじゃなく、猫の太郎になった時はよく味わった感覚だった。といっても、本当は太郎でもこの高さからの跳躍は無理。多分、怪我をする。ただ、あたしが飛び降りた先には青々と葉を茂らせたケヤキが生えていた。太郎の感覚を思い出して、あれに飛び移りさえすれば――だけど、そんなイメージは所詮《しょせん》イメージでしかなかった。

「っ!?」

太郎じゃない人間のあたしは、そのまま茂ったケヤキの葉の中に飲みこまれた。

「ムゲーーーーッ！」

「うわあああああっ!!」

ヨリちゃんが叫び、坂内、新堀を始めとした周囲の生徒たちも悲鳴に似た声をあげる。

その間にあたしは地面に落っこちていた。茂った木の葉や枝を突っ切りながら、だ。太郎のように飛び移ることは完全に失敗したけれど、それでも木の枝葉は多少のクッションになってくれたらしい。飛び降りた高さに比べて、落下したときの衝撃はかなり抑えられていた。とはいえ、無茶をしたことには変わりない。

「っつぅぅぅぅぅ!!」

猫のような姿勢で地面についた足の裏と手の平から、じんじんとした痛みが、脳天に向かって突き抜けていく。

「やっぱ猫じゃないときつい……」

加えて、クッションになってくれた木は、きっちり対価をあたしからもぎ取っていた。

「え……ぎゃっ！　血だ！　血が出てる！」

あたしの右の脛《すね》から血が流れていた。きっと木の枝を突っ切ったとき、枝の先が擦《こす》ったんだろう。大怪我ってほどじゃない。ちょっと切れてるだけ。この程度で済んで良かったって言うべきか、運が悪かったって言うべきか。——うん、間違いなく前者だろうね。なにしろ、一緒に持って飛び降りた弁当箱の方は、落下の時、あたしの手を離れたあげく、あっちで無残に中身をぶちまけてるんだから。

「ん〜っ！」

痛みをこらえ、あたしは何とか体を起こした。

目の前には驚愕《きょうがく》に顔を歪《ゆが》めた坂内と新堀が突っ立っている。

どうやら2人とも一瞬、茫然《ぼうぜん》自失してしまったらしい。

ただ、あたしが立ち上がったことで、その呪縛《じゅばく》も解けたのか、我に返ったように坂内が大声で怒鳴った。

「お、お前、頭おかしいだろっ!!」

なんだと。

「おかしいのはお前らだっ！」

負けじとあたしは怒鳴り返した。

「な、なにぃ？」

「日之出はいつも……痛っ！　いつも、頑張ってるんだからっ!!　何も知らないくせに、テキトーなこと言ったら、あたしがっ！」

いけない。

あんな無茶をしたっていうのに、感情の方はまだ抑えがきかない。沸騰した頭が未《いま》だに全力でゴーサインを出している。

けれど、あたしがよろよろとした足取りで、さらに坂内と新堀に詰め寄ろうとした、その時、

「ムゲっ！」

不意に坂内でも新堀でもない、だけど、あたしなら絶対に聞き逃さない声が、背後から聞こえた。

そして、続けて、とどめの言葉。

「大丈夫か……？」

「！」

全身がぴんと硬直した。

怪我をした足の痛みさえ、完全に消える。

そうして、あたしはゆっくりと振り返った。

「……大丈夫か」

自分でも同じ言葉を反芻《はんすう》してつぶやき、その宝物のような輝きと甘美な響きに浸りながら、その男子の姿を瞳《ひとみ》に映す。

そこにいたのはもちろん。

日之出だった。

上履きのまま、校舎から中庭の方に出て……それはつまり、靴を履き替える間もなく、急いで駆けつけてきたということでもあって。

「お、おい、行こうぜ」

「ああ……」

坂内と新堀の馬鹿2人が何か言いながら、その場から逃げ出していく。でも、そんなことはもう、心の底からどうでもいい。

「はあっ」

あたしは自分の中の歓喜を、熱い熱い息にくるめて吐き出した。

さっきまで沸騰していた感情は完全に消え失《う》せていた。もっとも、いまは別の感情が沸騰してしまっているけども。

「大丈夫……全然、大丈夫だよ。心配、してくれたんだ……」

周囲の世界がまた変わってしまった。ヨリちゃんと日之出以外の人間がカカシになった世界。

日之出がそんなカカシの中からこっちへ近づいてきた。

あたしの脛の怪我を見て、

「まず保健室」

「あ……これ、全然、大したことないし」

「行くぞ」

「っ！」

日之出に手を掴《つか》まれた！

もう一度、言う。

手を掴まれたっ！

太郎じゃないムゲとしては、初めてだ……。

「うん……」

もはや夢見心地であたしは頷《うなず》く。

日之出はそんなあたしを引っ張って、校舎の方へ歩き出したのだけど、不意にその足が止まった。

「え？」

立ち止まった日之出が見ているのは、中庭に散乱したあたしの弁当箱だった。

小さくため息をついて、あたしの手を放した日之出は、地面に散らばった中身を片付け始める。あたしはあわてて言った。

「あ、ああ、いいよ……自分でかたすよ」

すると、日之出は、

「俺の弁当、半分やるから」

——え。

「えええええええええええええっ⁉」

自分の叫びで、あたしは窒息死しそうになった。

※

屋上の空が晴れている。心も晴れている。

「ん」

日之出の手がぱかりと自分の弁当箱の蓋《ふた》を開けると、あたしは歓声をあげた。

「おお〜っ、これはっ」

「里芋の煮っころがしっ！」

日之出のお弁当は全体的に和風だった。

定番の卵焼きにホウレン草のおひたし、ヒジキの煮付け。そして、何と言っても、里芋の煮っころがし。ちょっと意外だけど、太郎の時に食べさせてもらった鶏《とり》のササミに比べると、濃い味つけのようだった。ひょっとすると、日之出の本来の料理はこっちなのかな？

「そういうの、よく作れるよな」

伊佐美が同じ弁当箱を覗《のぞ》きこんで感嘆したように言えば、ヨリちゃんも日之出にたずねる。

「全部、自分で？」

「そうだよ」

「すご。うちのお父さんに見習わせたい……」

屋上には、あたしたちと同じように昼食を摂《と》っている生徒が何人もいた。今日は涼しいから、教室じゃなく外で、と考えるのはみんな同じらしい。

落下防止用の金網で囲われた屋上のあちこちには、ベンチが設置されている。

あたしと日之出とヨリちゃんと伊佐美の4人は、隅のベンチに並んで座り、それぞれのお弁当を広げた。といっても、あたしは自分のお弁当、もうないんだけどね。あのあと、日之出に連れられて保健室に行ったあたしは、ヨリちゃんと保健の先生の両方から思いっきり無茶を叱られた。特に、ヨリちゃんには心配をかけてしまった。それは本当に、ごめんなさいなのだけど、それでも、あたしの心はバラ色のままだった。

だって、日之出と一緒に日之出のお弁当を食べられるんだよ!?　どんなに叱られても、頬が緩むのを抑えきれない。ヨリちゃんも今のあたしには何を言っても無駄だと思ったのか、最後はあきれたようにあたしの頭を一度だけコツンとこづき、それで許してくれた。

「この色、この艶《つや》、う～ん、しょっぱそう」

日之出に借りたお箸《はし》で里芋の煮っころがしを摘《つま》み、あたしは口に運ぶ。

当の日之出はムッと眉根《まゆね》を寄せた。

「文句言うな」

「めっちゃ褒めてるよぉ……んぐ。お母さんのに似てる」

もぐもぐと口の中で里芋と幸せを嚙《か》みしめながら、あたしが言うと、日之出の眉が元に戻った。

今度は少し真面目な顔になり、

「あいつらに何言われても、放っとけよ」

あいつらっていうのは当然、坂内と新堀のことだろう。お父さん製の爆弾おにぎりを齧《かじ》っていたヨリちゃんも、「そうそう」とすかさず日之出の言い分に乗ってくる。

あたしは続けて次の里芋を口の中に放りこんだ。

「ん……あらしのことならいいんだけどさ。ん、日之出のことは何言われたって良くないもん」

日之出が一瞬、驚いたように目を見開いてから、少し困ったように口をへの字にした。

その顔を見ながら、あたしは身を震わせて、また言った。

「ん〜っ、やっぱ煮っころがし絶品！」

そうして、今度は箸を置いて立ち上がる。今の今まで自分が腰を預けていたベンチに足を掛ける。

「え……おい」

「ちょっと、ムゲ」

ベンチのすぐ後ろには、屋上全体を囲む金網があった。

驚きの声をあげる日之出とヨリちゃんの前で、あたしはするすると金網によじ登った。

網の切れ目から顔を出し、学校中に向け——いや、世界中に向け、ボリューム最大で自分の気持ちを宣言する。

「日之出の煮っころがし、しょっぱあああああああいっ!!」

辺り一帯にあたしの叫びが響き渡った。

そして、数秒の静寂。

「……ぷっ」

不意に噴き出したのは、日之出の隣にいた伊佐美だった。

とうとう、こらえきれなくなったと言わんばかりに、

「だっ、ははは っ！　お前、そこは『おいしい！』だろ。あはは！」

「なんだよ、しょっぱーいって」

こっちは日之出の呆《あき》れ声。

「あ、そっか」

金網に張り付いたまま、あたしは頷き、改めて外に顔を向けた。

「んじゃ、日之出の煮っころがしぃ……」

「やめろって！　いいよ、やり直さなくて！」

「え〜っ？」

「あははは！　ムゲっ、ごはんもしょっぱいかもよ！」

伊佐美が心底おかしいと言いたげに笑い転げている。

すると、日之出の顔つきも変わった。

口元がほころび、笑っている伊佐美の肩を自分の肩で押す。

「うるせーよ」

「あはは！　いや、だってよ、あははは っ！」

「ふふ……」

——あ。

日之出、笑ってくれた。

ついさっき、手を掴《つか》まれたことと同じで、それもムゲのあたしには初めての経験だった。太郎でなら、この笑顔、何度も見せてもらったことがある。けれど、ムゲの時に目の当たりにしたというか、あたし自身がこの笑顔を誘発したのは、きっと初めて。

そして、そのことが何よりも、あたしにとって大切だった。

ムゲでも日之出をこんな風に笑顔にできる——それが分かったのだから。

「どうでもいいけど、無茶しすぎだよ。猫じゃあるまいし」

笑いを収めた日之出がベンチから立ち上がって、今度はそんなことを言う。

「よっ！」

あたしは弾む心のまま、金網から飛び降りた。

「じゃーん」

ポーズを取って、日之出の方を振り返ると、なぜか日之出は軽くまばたきしていた。

あたしはベンチの上で広げたままになっていた日之出のお弁当に、改めてお箸を伸ばす。

「ほら、日之出ももっと食べれば？　あーん」

「……いや、俺の弁当だから」

2

その日のあたしは、放課後になってもテンションが上がりっ放しだった。

「日之出サンライズゥ、ジャ〜ンプッ！」

小社前の分かれ道でヨリちゃんと別れ、いつもならムゲから笹木美代に戻る道になっても、スイッチが切り替わらない。空高く自分の鞄《かばん》を放り投げては、坂道を走って行って、落ちてくる鞄を受け止める。

「おっとっとっ」

そんなことを何度も繰り返しながら、ようやく家に帰りついた。

「ん？　開いてる」

玄関のドアには鍵《かぎ》が掛かっていなかった。おかしいな。リビングには電気が点《つ》いてなかったようにも見えたんだけど。まあ、でも、鍵が開いてるってことは、多分、薫さんがいるんだろう。

家の中に入ると、さすがにあたしは自分で自分のテンションを無理やり抑えた。何しろ、放っておくと、ついつい鼻歌を歌い出してしまいそうな気分だったからね。あんまり浮ついてると、薫さんに何事かと思われてしまう。

「あ、おかえりなさい」

リビングのドアを開けてみると、やっぱり薫さんがいた。

それでいて電気が点いていないのが少し不思議だったけれど、あたしは特に気にしないことにした。昼間なんだから、ずっと電気を点けっぱなしにしておく必要もないだろう。第一、そんなことは今、どうでもいい。

「ただいまー」

「え？　どうしたの？　その足。ケガしたの？」

「ああ、これ」

目ざとく薫さんに見咎《みとが》められて、あたしも自分の右足に目をやった。連絡通路から飛び降りた時、怪我をした右の脛《すね》。保健の先生の手で包帯が巻かれている。

「ちょっとね、全然大したことないから」

「でも……」

「ホントにホントに。あ、お弁当箱、出しときまーす」

「あ、うん」

キッチンに向かい、あたしは鞄から取り出したお弁当箱をいつものようにシンクの横に置いた。地面にぶちまけた中身が全てゴミ箱行きになってしまったことは、ここでは内緒。

シンクの調理台の上では、薫さんが夕食の仕込みをしていたのか、切りかけの材料が並んでいた。

「およ？　タマネギ。てぇと、今日は～、カレー？　肉ジャガ？」

蛇口をひねって手を洗い、そんなことをあたしは口にする。

すると、唐突に薫さんがまた声をかけてきた。

「美代ちゃん、何かいいことでもあった？」

あ、やば。

「あ～全然。全然。そんなことはないんで、全然」

あたしは早口で答え、さっさと1階から退散することにした。薫さんには悪いけど、いまのあたしの気持ちは薫さんを含め、この家にあるもの全てと触れ合わせたくないんだ。触れてしまうと、このキラキラとした宝石のような輝きが間違いなく曇る。

それは嫌。

あたしはまだ何か言いたそうな薫さんを残して、キッチンをあとにした。

「んふふふふ……」

トントンと勢いよく階段を上り、自分の部屋へ。

中に入るなり、鞄を放り投げると、あたしはロフトベッドの下にある空きスペースに向かって、水泳の飛び込みのように思いっきりダイブした。

「くうっ！」

いまになっても、はっきりと脳内で日之出のあの言葉を再生できる。いや、脳内だけじゃない。

「大丈夫か……きゃあああああっ」

口に出してリピートすると、あたしは両足をジタバタさせた。笑いの衝動が体の奥底から湧き上がってくるのを止められない。でも、あまり大声で騒ぐと、1階の薫さんに聞こえてしまう。だから、あたしはロフトベッドの空きスペースを仕切るカーテンにくるまり、その中で笑い続けた。

「日之出ぇ、うひゃひゃひゃ」

本当に、今日はどれほど「××記念日」と呼べるような出来事が起こったんだろう。

日之出に心配された。

日之出に手を掴まれた。

日之出のお弁当を分けてもらった。

日之出が目の前で笑ってくれた——。

一つだけでも、心のカレンダーに満開の花丸マーク付きで書き留めるところなのに、この数。幸せすぎて、体中の筋肉が痙攣《けいれん》しそうになる。だけど、それでも、だ。

「…………」

あたしは不意に足のジタバタを止めた。

人間の欲望というのは果てがない。

それはこういうことなのかもしれない。

くるまったカーテンから顔を出すと、あたしは呟《つぶや》いた。

「やばい……笑うとこ、また見たくなった」

でも、そんなあたしの尽きることのない願いを、あの猫のお面はかなえてくれる。


太郎になって、日之出の家に行ってみると、部屋に日之出の姿はなかった。

お祖父《じい》さんの工房の方にもいない。

まだ、学校から帰ってないんだろうか。

ところが、あたしがそう思って、日之出の部屋の外で首を傾げた時、家の台所の方角から日之出の声がした。

「そんなの聞いてないっ!!」

あたしも初めて聞くような、日之出の大声だった。いいや、声の音量だけじゃない。響きもそうだ。切迫したように語尾が震えている。

あたしはあわてて声のした方へ向かった。

窓の外から中の様子を窺《うかが》う。

日之出の家の台所は居間の隣にあって、その居間には日之出のお祖父さんがいた。

工房で見る時の作業着じゃなく、普段着を着ている。

そして、台所には日之出と、日之出のお母さんの姿があった。

お母さんは家計簿なのか、それともお祖父さんの工房の帳簿なのか、ノートに何か書きこんでいる。

日之出はそんなお母さんと言い争っている様子だった。

「仕方ないでしょ。この工房を維持するだけでも、結構かかるんだから」

ノートから視線をそらさず、日之出のお母さんはそんな話をしていた。

「このままじゃ、坂口くんのお給料だって出せないのよ」

「でも、まだまだじいちゃんは――」

「我《わ》が儘《まま》言わない。もう目だって弱くなってるんだし」

そこで、居間にいたお祖父さんがゆっくりとお茶をすすりながら口を挟んだ。

「頑張りたかったんだけどなぁ」

「じいちゃん、本気？　本気で工房、閉めるつもりなの……？」

「ごめんな、賢人」

「！」

その一言で日之出も黙りこんでしまった。

「あんたは学校の勉強に集中しなさい」

お母さんが追い打ちをかけるように、ノートから顔を上げずに言う。

お祖父さんは湯呑《ゆのみ》をテーブルに置き、いつもと変わらない穏やかな笑顔を日之出に向けた。

「焼きたい作品があったら、早めにな」

日之出は最後まで「はい」とも「いいえ」とも返事をしなかった。

「…………」

悄然《しょうぜん》とした様子で黙りこんだまま、自分の部屋に戻っていく。

あたしが家の外を廻《まわ》って、日之出の部屋の窓辺にまた向かうと、部屋の中で日之出はベッドに突っ伏していた。

まったく動こうとしない。

日が傾き、薄暗くなっても、日之出はずっとそうしていた。

そして、あたしは、そんな日之出と顔を合わせることさえできなかった。

※

町が夕闇に飲まれようとしていた。

ぽつぽつと灯《とも》った家々の明かりは平穏だけど、どこか切ない。細く長く伸びた電柱の影は、空の暗さが増すと共に、徐々に輪郭を失いつつある。

時折、車が通りすぎるだけで人影はない坂道を、太郎のあたしは首を垂れて歩いていた。

……今になって、やっと分かった。

ここ最近、日之出が何かに悩んでいる様子だったこと。

多分、あれが大本の原因だったんだ。

元々、日之出は一見クールなようで、結構頑固なところもある。芯《しん》が強いって言ってもいいかもしれない。もちろん、そんなところもあたしは好きなんだけど、だからこそ、さっきの日之出の姿にはショックを受けた。あんな風に日之出が落ち込んでいるのを見るのは、初めてだったからだ。

そして、そんな日之出を前にして、あたしは何もできなかった。

「………」

太郎になって家を出た時の興奮なんて、もう微塵《みじん》も残っていない。

情けなくて、悔しくて、むしろ、ほんの数十分前まで浮かれに浮かれていた自分の頭をかち割ってやりたい気分だ……。


家に帰っても、テンションは最低のままだった。

「酢豚、美味《おい》しい……」

キッチンで、薫さんの作った酢豚に口をつけるなり、あたしはむっつりと感想を口にした。

薫さんは驚いたようにあたしを見た。

「え、ほんと？」

「だよな」

機嫌良さそうに笑って同意してきたのは、お父さんだった。きっと、あたしが薫さんの料理を褒めたことが嬉《うれ》しいんだろう。早速、家族の団欒《だんらん》ごっこを始めようとする。

「やっぱ酢豚はタマネギが命だよなあ。今日のは味もしっかりめだし」

あたしの気持ちのベクトルは、ますます下向きになった。

そう、この酢豚は本当に美味しい。

薫さんは元々、料理教室の講師をしていた人で、料理の腕前は正真正銘プロ級。ただ、味付けに関しては、栄養学だの何だのをちゃんと学んだせいもあってか、あたしの好みより薄めだった。特にうちに来たばかりの頃はそうだった。

ところが、最近はあたしの嗜好《しこう》に合わせてくれているのか、薫さんの味付けが濃い日が増えてきた。その中でも、今晩の酢豚は絶品。艶々《つやつや》のタレは酸っぱさと辛さが絶妙に混じり合い、タマネギの甘みと豚肉の旨味《うまみ》をこれでもかとばかりに引き出している。

そのことが、あたしを余計に落ち込ませた。

今この家の中にあるもの、あたしは好きになったりしたくないって思ってるのに、今日みたいな日に出てきた酢豚が――。

「なんでおいしいの……」

もう一口食べて、あたしは低い声で呟《つぶや》いた。

薫さんは、お父さんほどあたしの言葉を素直に受け取れなかったのか、戸惑ったような顔をしていたが、それでもこう言った。

「気に入ってくれて良かった」

「…………」

あたしは薫さんの言葉に反応せず、苛立《いらだ》ちをぶつけるように、むしゃむしゃと酢豚を食べ続けた。

食事を終えて自分の部屋に戻るなり、あたしはロフトベッドの下に頭を突っ込んだ。カーテンで仕切られたここは、この家の中で唯一、あたしが本音で自由に話せる場所だ。少し大声を出しても、カーテンのおかげで部屋の外に漏れることはまずない。何か吐き出したいことがある時、お父さんや薫さんに干渉されず、自分のことだけに集中したい時、あたしはこの中に籠《こ》もる。本当の意味での自分の部屋と言っていいかもしれない。

「日之出、辛《つら》そうだったな……」

薄暗いその空間で、あたしは唸《うな》るように、また呟いた。

「なのに、ムゲでも太郎でも、何にも力になれないし……酢豚うまいし……サイテー」

つまり、最後の言葉がここ以外では言えない言葉。

それをお父さんや薫さんの前で口にすると、今までどうにかこうにか折り合いをつけてきた家の中の平穏が崩れる。だから、あたしは外では黙る。笑って、当たり障りのない話をする。だけど、今はそれがとにかく鬱陶《うっとう》しいし、元々、落ち込んでいた自分の気持ちがさらに沈みこんでいく。

ふと、あたしはあの猫の形をしたお面を引っ張りだしてみた。

――もう一度、日之出のところに行ってみようか？

はっきり言って、こんな気分じゃ、ろくに眠れそうにない。

夜のこの時間、部屋を抜け出して外に出るのは、さすがにお父さんや薫さんにバレちゃう危険度が高いんだけど。

うん。

やっぱり、そうしよう。

※

夕方と違って、日之出は自分の部屋にいなかった。

お祖父《じい》さんの工房で、ろくろを回していた。

それが少しでも気分を切り替えることができた証《あかし》なのかどうか、残念だけど、あたしには判断がつかない。

工房の引き戸を、太郎のあたしは手と頭を使って、何とか自力で開けた。

カラカラという戸の動く音。

それで気づいたのか、一心にろくろを回していた日之出が顔を上げて、こっちを見た。

「太郎」

その名を呼ぶと、日之出の口元がフッとほころんだ。

良かった。

普段の、とまではいかないけど、日之出らしい笑顔だ。夕方ほどは落ち込んでないらしい。

「にゃあ」

あたしは日之出の足元まで歩いていって、鳴きながらまとわりつく。

すると、日之出の表情はますます柔らかくなった。

「ひょっとして、結構前から来てたのか？」

「んにゃあ」

「分かった分かった。ちょっと待ってろ」

ろくろを止めると、日之出は工房の洗面所に向かった。

手を洗って戻ってきた日之出は、太郎のあたしを小脇に抱えると工房の窓を開けた。

粘土の匂いが籠もっていた工房の中に、涼やかな夜風が入りこんでくる。

日之出はあたしを抱えたまま、窓枠に腰掛けた。

工房の雨どいの向こうに目をやると、満天に星が瞬いていた。深い海に無数の真珠をばらまいたような星空だ。吸い込まれそうなその空を日之出は見上げ、「ふう」と大きく息を吐き出す。

それから、日之出は手の中のあたしに視線を落とした。

「あれ？　お前、ケガしてる」

「にゃっ！」

日之出が見ているのは、あたしの右足だった。昼間、ムゲの時に負った怪我。太郎になっても、まだ治りきってない。それはいいのだけど、日之出があたしの右足を手で引っ張って、まじまじと怪我した箇所を覗《のぞ》きこんできたものだから、あたしも困った。確かにいまのあたしは猫。だけど、この体勢はやっぱり恥ずかしい。しかも、相手はよりによって日之出だし。

「ああ、やっぱり。大丈夫か？」

それは昼間にも聞いた言葉だった。大丈夫か——あたしのことを心配してくれる言葉。思わずあたしは恥じらいも忘れて、今度は歓喜の鳴き声をあげる。何度聞いても、嬉しいものは嬉しい。ただ、続く日之出の言葉を耳にすると、さすがにあたしは驚いた。

「あいつと同じとこだ」

——あいつ？

それが他ならぬ自分のことだと気づくのに、数秒の間が必要だった。だって、太郎でいる時、日之出の口からムゲのあたしの話を聞くことなんて、今まで一度もなかったから。

「………」

日之出はなぜか遠くを見るような眼差《まなざ》しで、あたしの怪我した足を見つめていた。

夜風が少し強くなった。

日之出の黒い髪がさらさらと横になびく。

そうして、日之出はまた頭上の星空を見上げ、ぽつりとつぶやいた。

「あいつみたいに思ってることがはっきり言えたら良かったんだけど……陶芸続けたいって、言えなかったよ」

あたしはハッとした。

「工房の経営が厳しいの分かってたし、俺が将来何とかしてみせるって言いきれる自信もなくて……言えなかった」

日之出の目が星空から工房の中に移った。

しんとした屋内には、完成品の焼き物もあれば、まだ粘土をこねただけで火を通していない未完成品の皿や急須《きゅうす》も並んでいた。そして、大小様々なろくろや機械。素人目にも新しい機械はなかった。けれど、見た感じ、丁寧に手入れされている。ここの主人のお祖父さんの真面目な性格と、職人としての几帳面《きちょうめん》さが滲《にじ》み出ているようでもある。

「じいちゃん、凄《すご》いんだよ。ただの土がいろんな形やいろんな色になって——ちっちゃい頃から憧《あこが》れで……なのに言えなかった」

日之出は繰り返した。

「あいつなら、ムゲだったら、きっと……」

違う、とあたしは身を乗り出しそうになった。

日之出、それは違う。違うよ。

言いたいことが言えないのは、あたしも同じ。

家のこととか、お父さんや薫さんのこととか——いいや、それだけじゃない。

日之出のこともそうだ。

本当に大切な、日之出に伝えたい言葉。

あたしは多分、まだ一度も言えてない。

——日之出は素敵な人です。

あたし、前は世界の滅亡を毎日祈ったこともあった。

けど、日之出と出会って。

好きになって。

この世界も捨てたもんじゃないと思えた。

だから。

あたしはあなたの力になりたい。

好きって言われたい――。


頭の中だけなら言葉はちゃんと浮かんでくる。

けれど、伝えられない。学校にいるムゲでも、こうして日之出に寄り添う太郎でも、どちらでも。

「ん」

不意に自分の体が揺れた。

日之出があたしを抱えたまま、窓枠から降りていた。開けっ放しにしていた窓を閉め、あたしを傍にあった台の上に乗せる。台には、ついさっきまで日之出がろくろを回して作っていた皿が置かれていた。日之出はちらりとそれに目をやったあとで、工房の中を歩き出した。

「もっと陶芸の勉強しないと。何作っても普通なんだよな、俺のは。……やっぱり陶《とう》の森《もり》高校しかない。母さんにもちゃんと言わないとかぁ」

そんな独り言をぶつぶつと呟《つぶや》きながら、日之出は椅子の上に畳んでいたエプロンを手に取った。

ついさっきまでの感情の余韻がまだ残っていたあたしは、そんな日之出に向かって、何も考えずに近寄ろうとした。

ただ、そこでギョッとした。

し、しまった！

日之出のお皿、踏んじゃった。

もちろん、それが焼き上がったお皿だったら、太郎のあたしが踏んだところで割れたりしない。

だけど、それはついさっき、日之出が粘土から形作ったものだ。

当然、皿の表面は柔らかく、そこにはくっきりと浮かんでいる。

何がって？

もちろん、太郎であるあたしの足跡が、だよ……。

ど、どうしよう？

「太郎、行こう」

エプロンを手にした日之出は、家に帰るつもりなのか、工房の出入口へ向かおうとしている。

えぇい。

他に手はなし。

言葉では謝りようがない。

だから、あとで日之出にばれて叱られる時は、精一杯、太郎として神妙にお説教を聞こう。

3

どこかで犬が鳴いていた。

太郎のあたしとしては、キジトラの襲来と同じく、警戒しなきゃいけない鳴き声なんだよね。ただ、幸い距離がある。どこかの飼い犬の遠吠《とおぼ》えかもしれない。そう心配することもない、か。

目の前には暗い坂道が延々と続いていた。

今日2度目の家路だった。

いや、ムゲや笹木美代として学校から帰ってきた時をカウントすれば3度目かな。

1度目は自分でも滑稽《こっけい》なほどハイテンションで、2度目は落ち込んで、そして、3度目の今は2度目ほどではないけれど、やっぱり気持ちは鬱《うつ》に傾いていて。

日之出がいくらか元気を取り戻していたのは良かった。

でも、それはあたしが何かしたからじゃない。日之出が強いからだ。あたしは結局、何もしていない。

街灯の明かりだけが照らす坂道を、あたしはトボトボと歩いた。道の横に並ぶ壁には、たくさんの焼酎《しょうちゅう》瓶が埋め込まれていた。常滑にはこういう道が結構ある。この先へさらに進めば、でんでん坂とも呼ばれる観光名所だ。日が暮れて訪れるような場所じゃないから、辺りに人はいない。

ところが、そこで不意にあたしは何かの気配を感じた。

道の脇にぽつんと置かれていた壺《つぼ》。

あからさまに怪しい。

他の焼酎瓶は壁に埋め込まれているっていうのに、その壺だけは誰かが置き忘れたように、外に置かれているのだ。

あたしがそちらへ目を向けると、壺がカタカタと震え始めた。

そして、スポンという音と共に、壺の中から大きな三毛猫の頭が飛び出してきた。

「なっ……!」

あのお面屋だった。

首から下は壺の中に入ったまま、顔だけがこちらを見てニヤリと笑う。

「ホントのこと、言えたかな？」

一瞬、あたしの顔の筋肉が強張《こわば》った。

こいつは以前、日之出にあたしの正体をばらしてみたら、とけしかけていた。そのことを言ってるんだろう。

あたしは横を向き、不機嫌な声で答えた。

「言わないよ」

「そんじゃあ」

お面屋が体ごと外へ出てきた。

「いっそ、このまま何も言わずに猫にぃ、なってしまうかい？」

「やだよ。猫のままじゃ日之出に何もしてあげられない」

お面屋が声を立てて笑い出した。

「人間の姿でも同じじゃない？」

「そんなことっ！」

「なぁい？」

「…………」

「なぁい？　ホントにぃ？」

本当にこいつは間近で観察でもしていたのかと思えるほど、あたしのことをよく知っている。

その上で、こうしてあたしの痛いところをついてくる。

あたしが黙りこむと、お面屋は楽しそうにその場で踊り始めた。

「猫ならばぁ、いつも日之出の近くで日之出を見てぇ、寝てぇ、ご飯もらって寝てぇ、うんちして寝てぇ。それだけで幸せぇ、日之出も幸せぇ」

「！　うっせっ、うっせっ、うっせっ！」

あたしは振り切るように大声でわめくと、駆け出した。

今日のお面屋は追ってこなかった。

「んなははははっ」

あいかわらず楽しそうな笑い声だけが、背後で遠ざかっていく。

その笑い声もフッと途切れ、あたしが振り返ってみると、お面屋の姿は影も形もなくなっていた。


下を向いてばかりいたら、心の根っこまで腐ってしまう。

太郎の姿のまま、塀を伝って、近くの家の屋根に登ったところで、あたしはぐっと自分の口元を引き締めた。

あるいはお面屋に煽《あお》られたことで、かえって、反発心に火がついたのかもしれない。

お祭りの夜、日之出は言っていた。

『いろいろ嫌なこととか、面倒なこととかあるけど……ここから出た時、世界が全部なくなってたら、それはそれで困るよな』

そうだ。

今のあたしは世界が滅びろなんて思わない。

そこに日之出がいるから。

大好きな人ができたから。

なのに、人間の姿でも同じ？　日之出にしてあげられることはない？

そんなはずない。

それじゃ太郎に変身して、日之出のことを好きになる前と同じじゃないか。

屋根の上からあたしは夜空を見上げてみた。

星はあいかわらず宝石のような輝きを放っていた。屋根や煙突に遮られることなく、視界一杯に広がる星空。開放感に満ちたそれを見ていると、萎《しお》れていた自分の気持ちに少しずつ水が注がれていくのを感じる。

日之出にしてあげられることなら、ある。

探せば、きっとある。

「……よしっ」

星空に向かって、あたしは自分自身を奮い立たせるようにつぶやいた。

※

鍵《かぎ》を開けっ放しにしていた窓を開けて、自分の部屋に忍びこむ。

これまた今日3回目の帰宅だった。

ただ、部屋に入った瞬間、あたしはそこがまるで自分の部屋じゃなくなったような感覚を覚えた。

見た目はいつも通りの自分の部屋。

けれど、何かが、どこかが違う。

「謎の違和感……。薫さん、入った？」

普段、薫さんはあたしの許可がない限り、部屋に入ってくることはしない。お父さんに至っては、あたしが中学に上がってから、一度も入ったことがない。言い換えれば、この部屋の中にある物に触るのは、ほとんどの場合、あたし以外いない。だから、何かが勝手に動かされていたりしたら、あたしには必ず違和感が生まれる。

そして、この場合、それは非常にまずいことでもあった。

あたしはあわてて太郎から笹木美代に戻ると、物音を立てないよう、忍び足で1階に降りた。

閉じられたリビングのドアに顔を寄せ、聞き耳を立てる。

すると、中から薫さんとお父さんの話す声が聞こえてきた。

「……靴があるから、多分、窓から」

「……こんな時間に裸足《はだし》で外に？」

「……うん。このところ、たまに」

やばいやばいやばい。

悪い予感が的中した。

やっぱり、この時間、太郎として外に出るのは無茶だったらしい。

「……どうすればいい？　私、叱れない」

「……う～ん。叱れないよなぁ」

薫さんの「どうすればいい？」はむしろ、あたしの台詞《せりふ》だった。

2人から何か言われても、知らぬ存ぜぬで押し通すか。

適当な嘘をついて誤魔化すか。

それとも——。

「!?」

ふと、誰かに見られているような錯覚を覚えた。

いや、それは錯覚じゃなかった。

明かりのついてない、リビングの横の廊下。

その暗い空間に、緑色に光る両の眼があった。

こっちをじっと見ている。

猫だ。

きなこだった。あたしやお父さんじゃなく、薫さんが育てて、今も飼っている猫。

緑の眼差《まなざ》しはあたしを捉《とら》えたまま動かない。

辺りの暗さのせいもあってか、その瞳《ひとみ》にあたしは妙な圧迫感を覚えた。あたしのことを責めている感情が眼球に浮かんでいるような、そんな威圧感。相手はただの猫だっていうのに。

目を合わせていることが辛《つら》くなって、あたしは視線をそらした。

その瞬間、きなこが大きな声で鳴いた。

「んにゃあ!」

さらに、きなこはあたしに向かって突進してくる。

「ちょっ……!」

飛びかかられたあたしは、さすがに声をあげた。結果、どうなったか。

言うまでもない。

「美代？　いるのか？」

リビングの中からお父さんの声がした。

万事休すだ。

きなこのことを振り解《ほど》いたあたしは、相手に開けられる前に、自分からリビングのドアを開けた。もちろん、たった今、2階から降りてきたような風を装いつつ、ね。

「なに？」

リビングに入って、声をかける。

お父さんと薫さんはソファの傍にいて、あたしが入ってくるなり、素早く視線を交わした。そうして、お父さんが尋ねてきた。

「美代、今、どこか行ってたか？」

あたしはわざとお父さんじゃなく、薫さんを見た。あたしの部屋に入ったのはお父さんじゃなく、薫さんの方だろう。部屋を抜け出していたことは、とっくの昔にバレている。その点に関しては、どうにも分が悪い。ただ、薫さんは薫さんで、あたしたちの間で結ばれている一種の不可侵協定を破って、勝手にあたしの部屋に入ったはずだった。そこの部分に関しては、あっちにだって非はある。

薫さんもそれが分かったのか、あたしに視線を向けられると、あわてたように弁明した。

「あ……一緒にお茶しないかな、って呼びに行ったら、いなくて」

お茶、ね。

正直に言うと、あまり信じられないのだけれど、ここは退《ひ》いておこう。

あたしがこれから口にするのも、事実だけど、真実なんか欠片《かけら》も混じっていない弁明なんだから。

「あ〜、えっと……その、屋根の上に――」

「え？」

「屋根？」

お父さんと薫さんが揃って、驚きの声をあげた。

いや、あたしだって分かってる。これが苦しい言い訳だってことは。

だけど、真実を話したところで信じてもらえるわけがないし、そもそも話す気もない。ついでに言うと、これはまるっきり嘘というわけじゃない。あたしは確かに屋根の上にいた。ついさっきまで。

「ちょっと外の風に当たりたいことってあるでしょ」

あたしは早口で付け加え、早々にこの場から退散することにした。

「じゃ、おやすみー」

「え——あ、ああ。おやすみ」

「おやすみ……」

お父さんも薫さんも、それ以上は踏み込んでこなかった。

この辺りはいつも通りだ。薫さんがこの家で一緒に暮らすようになってから、あたしは結構、家の中で腫《は》れ物扱い。お父さんも薫さんも、あたしとは対立しないようにしている。下手にあたしを突《つつ》いて、爆発でもされるのが嫌なんだろう。厄介事があれば、正面から向き合うのではなく、避けようとする。

もちろん、今のあたしにとって、それは好都合だったのだけれど、だからといって、うんざりしないというわけじゃなかった。お互いがお互いのテリトリーを探り合って、ぶつからないようにするっていうのは、控え目に言っても、心の重石《おもし》になる。特に、今日みたいに家の外で色んなことがあった日は、それが面倒臭いし、相手の上辺だけの態度も癇《かん》に障る。

——気遣いだらけの優しい言葉より、日之出の容赦ないトゲトゲな言葉の方が大切だ。

あたしは自分の部屋に戻ると、すぐにロフトベッドの下に籠もり、ついさっき、思いついたことを実行することにした。

用意するものは、下書き用の鉛筆に消しゴム、清書用のボールペン。

　それから、以前、ヨリちゃんと一緒にショッピングモールで買ったレターセット。はっきり言って、単なる衝動買いで、買って家に持って帰った後は「こんなの、今時どこで使うんだあたし」と後悔したものだけど、今は衝動買いに感謝してる。ひょっとすると、今日この日が来ることを、あの時のあたしは虫の知らせで察していたのかもしれない。

　スタンドの電気を点《つ》けると、あたしは小さな机に向かい、文面を練り始めた。

「ひーのーでーサンライズは……あー、いや、違う。手紙の基本……まずは時候の挨《あい》拶《さつ》――ジコウって、何？」

　そう。

　笹木美代はいらない。

　日之出美代。

　日の出見よう。一緒に。

　ダジャレだけど、今のあたしの嘘偽りのない気持ちだと思う。

※

　翌朝、あたしはいつもより40分も早く家を出た。

昨日のことがあったせいなのか、朝食の席で薫さんは終始、何か言いたげな空気を醸し出していたけれど、それは全て知らぬふり。黙殺した。

学校についてみると、クラスで一番乗りだった。

自分の席にきちんとした姿勢で座り、日之出の登校をじっと待つ。

しばらくすると、他のクラスメイトたちもぽつぽつと教室に姿を見せ始めた。その中にはヨリちゃんも交じっている。ただ、日之出はまだ来ない。

「ふあああぁぁふ……」

あいかわらず背筋を伸ばして椅子に座っていたら、ついつい、あたしの口からは欠伸《あくび》が出てしまった。いけない。昨日、作業に夢中になってしまい、夜更かししたせいだ。いつもなら、そこまで気にしないのだけど、今日は日之出に寝惚《ねぼ》け顔を見せるわけにはいかない。気合いを入れ直さないと。

「珍しく勉強？」

隣からヨリちゃんが尋ねてきた。

あたしはきりっと前を見据え、

「人生について、いろいろ考えた」

「は？」

ヨリちゃんが目をぱちくりさせる。

その時、待ち望んだ声が教室のドアの方角から聞こえた。

「おはよう」

「おはよ～」

日之出がいつものように伊佐美と連れ立って、登校してきた。

廊下側の席に座っていた別の男子に声をかけた後、こっちに近づいてきて、あたしやヨリちゃんにも挨拶してくれる。

「おはよう」

「おはよ」

ヨリちゃんはごく普通に挨拶を返したけれど、あたしは普段の2倍くらいの声量で返事をした。

「おはよっ！」

ヨリちゃんがびくっと肩を震わせ、日之出も怪訝《けげん》そうにあたしのことを見た。

ただ、それ以上、何か言うことはなく、日之出は伊佐美と共に自分の席へ歩き去っていった。

「……なんなの？」

ヨリちゃんが小声で問い質《ただ》してくる。

あたしはそれには答えず、勢いよく椅子から立ち上がった。

そうして、自分の席で鞄《かばん》から教科書を取り出している日之出に歩み寄った。

「日之出！」

「なんだよ？」

「あのね！　これ、書いたんだけど！」

かちこちに緊張しながら、あたしが差し出したのは、他でもない。

昨日、一晩かけて書き上げた手紙。

あたしの気持ち、今の日之出に言ってあげたいこと。

全部入っている、と思う。

「え……？」

「ええっ!?」

最初の驚きの声は日之出で、それに覆いかぶさるようにして教室に響き渡ったのは、自分の席に座って、こっちの様子を窺《うかが》っていたヨリちゃんの大声だった。それで他のクラスメイトも全員、あたしの方を見た。でも、構わない。日之出に手紙を渡すことを、あたしは誰かに隠す気もないし、恥ずかしいともまったく思わないから。

が、その時だった。

「お～、なぁに、お手紙、渡しちゃってるんですかぁ、ムゲさん」

突然、間近で厭味《いやみ》ったらしい声がした。

いつの間にか、例の坂内があたしのすぐ傍にいた。腰巾着《こしぎんちゃく》の新堀も一緒だ。あたしの隣に並んだ坂内はニヤニヤ笑いながら、手紙を覗《のぞ》きこむ。見られるだけなら別に構わない。だけど、その馬鹿にしたような顔と視線は、この手紙にこめた大切なものを汚されるようだった。少なくとも、あたしにはそう思えた。

「お前に関係ないよ！」

あたしは自分の腰で坂内を押しのけた。

そうして、改めて日之出に向き直ろうとしたのだけど、その途端、手の中の手紙をひょいと坂内に盗み取られてしまった。

「あっ」

「へへ……ラブレターですかぁ？」

「返せ！」

「おっと、新堀」

取り返そうとしたあたしの手を掻《か》い潜って、坂内は手紙を新堀に手渡した。

「ム～ゲさん、ム～ゲさん、ここまでおいで」

はやし立てながら、新堀もまた、あたしから逃げる。

――このっ。

教壇の上まで逃げた新堀の傍に坂内が駆け寄った。新堀の手からあたしの手紙を受け取ると、封筒の封を無遠慮に破る。

「ははっ、告白タ～イムッ！」

「いい加減にしろよ」

さすがに日之出が尖《とが》った声をあげた。が、坂内はまったく聞く耳を持たない。

「オレが代わりに読んでやろうかぁ？　ジャンジャジャーン」

ねちっこく言いながら、坂内は開けた封筒の中から便箋《びんせん》を引っ張りだした。これには、坂内と同じようにあたしのことをからかっていた新堀までもが「え？」と少し動揺した顔になった。

「やめなさいよっ！　あんた達！」

ヨリちゃんが怒声を張り上げた。

「……坂内、ほんとに読むのか？」

この小声は新堀。

坂内は耳を傾けず、

「うほぉ、これ、マジのやつだ。笑える～。……日之出へ。私は日之出を見てると、元気が出るんですぅ」

「坂内！」

ついに伊佐美までが怒鳴った。

そして、あたしの怒りのゲージは完全にメーターを振り切っていた。

「ううっ……！」

「日之出サンライズは、ただの言葉遊びではありません」

「返せっ!!」

「おっとっ……私が日之出を想う気持ち、そ・の・も・のなんです♥」

「お前に読ませるために書いたんじゃないっ！」

「返せ!!」

あたしだけじゃなく、ヨリちゃんも一緒になって、坂内の手から手紙を取り戻そうと飛びかかる。だけど、そのたびに坂内は教室の中を逃げまわり、ひょいひょいと身軽にあたしたちの追跡をかわした。しかも、腹立たしい口調で、あたしの手紙を読み上げながらだ。

「日之出サンライズは、太陽がぱあっと昇って、あったかくなる気持ちなんデェス」

「返せえええええっ！」

とうとう、あたしは机につまずき、その場で転んでしまった。もちろん、それでもあきらめない。すぐに立ち上がって、坂内を追う。

また教壇の上まで逃げた坂内が、間にある教卓を盾にしてあたしのことを避け、嘲《あざ》笑《わら》った。

「必死になっちゃって。そんなに恥ずかしいですかぁ？」

　ふざけんなっ！

　あたしは腹の底からの声で怒鳴り返した。

「恥ずかしくなんかないっ!!」

「あ？」

「心からの気持ちを馬鹿にされるのが嫌なだけだっ!!」

「っ！」

　一瞬、にやけていた坂内の表情が凍った。

　だけど、それは文字通り一瞬のことだった。

　すぐに坂内は元のニヤニヤした笑みを取り戻すと、あたしじゃなく、横に視線を滑らせた。

「おやあ？　告白、受け止めるつもりですかぁ？」

　気づかなかった。

　いつの間にか、日之出がすぐ傍にいた。

「サンライズさ〜〜ん？」

「…………」

　日之出は今まで見せたことのないような険しい顔で坂内をにらみつけていた。

無言のまま、つかつかと教壇の上の坂内に近寄り、その手からあたしの手紙を素早く奪い取る。

坂内も日之出の手には逆らわなかった。

「日之出……」

あたしが呼びかけると、手紙を手にした日之出は「はあっ」と大きくため息をついた。

そして、横目であたしを見た。

「え——」

その途端、あたしは坂内への怒りも忘れて動揺した。

だって、こちらを向いた日之出の目が、顔が、坂内をにらみつけていた時とほとんど変わらなかったから……。

ムゲでも、太郎でも見たことのない、冷えた怒りに満ちた表情。坂内にそれを向けるのなら分かる。でも、なぜ自分にまで同じ顔をされるのか、あたしは理解できず戸惑った。

「え……え……な、なんで？」

問いかけると、日之出はふいと横を向いた。

そうして、あたしにも坂内にも何も言わず、自分の席に戻ろうとする。

「コ・ク・ハ・ク！　コ・ク・ハ・ク！」

教卓の向こうにいる坂内が、和式便所で用を足すような姿勢で腰を屈《かが》め、卓をダンダン叩《たた》いている。

「うっさいっ！」

「コ・うがっ……！」

あたしは教卓ごと、その坂内を押し倒し、教壇の上に沈めた。

それから、日之出のことをあわてて追いかけた。

「日之出！」

名を呼んだら、日之出の足がようやく止まった。ただ、振り返ってはくれない。

「あの」

あたしは続ける言葉に迷い、一度、言い淀《よど》んでから、

「あたし、日之出に元気出してほしくて」

「…………」

「あたしも……日之出と同じで、思ったことがうまく言えなくて、だから、いつも――」

けれど、あたしの言葉はそこで途切れた。

日之出が不意に大声をあげて、あたしを遮ったからだ。

「俺と！」

間違いなく怒りに震えた声だった。

「お前は違うんだよっ！」

――え。

「俺は恥ずかしいよっ。恥ずかしいに決まってるだろ⁉　こんなの、教室でさ。それに……そういうの押しつけてくるやつは、嫌いなんだ！」

「あ……」

瞬間、教室の床がばりばりと音を立てて割れるような感覚が、あたしを襲った。

……嫌い。

確かに自分の耳で聞いた。

でも、まだ言葉が脳に届いてない。理解を拒否している。目の前に突き付けられた事実と心の矛盾。折り合いをつけられずにいると、眼球の奥が痛くなった。ぐらぐらと揺れる視界。まるで、教室の床どころか、地軸が割れたようだ。周囲の景色がかすんで見えにくくなる。しかし、それでも事実の方はやっぱり変わらないのだ。

押しつけてくるやつは嫌い――。

「でも、じゃ……手紙じゃなければ」

一縷《いちる》の望みにすがって、あたしは口を何とか動かした。でも、それに対する日之出の返答は、あたしの願いも想いも粉々に打ち砕く、ハンマーのような重い言葉だった。

「いいよ！　もう放っといてくれよ！　嫌いだっつってんだろっ！」

「き……らい……？」

初めて、あたしは自分の口でその単語を繰り返した。

すると、日之出は手に持ったままだったあたしの手紙を、あたしの目の前でクシャりと握りつぶした。

そして、今度は大声ではなく、絞り出すような声で言った。

「……大嫌いだ」

決定打だった。

もう、脳も無理やり理解を拒否することができない。

泣こうがわめこうが、日之出の言葉は変えられない。

「そっかぁ……はは」

なのに、無理に笑って呟《つぶや》こうとしたあたしの目からは、ほろりと涙がこぼれ落ちた。

泣いたところで、どうにもなんないのにね……。

「大嫌いかぁ、あはは。参ったね、こりゃ……」

声にも湿り気が混じった。

「ムゲ……？」

こちらを見た日之出が、なぜか大きく目を見開いた。

あたしが日之出の顔を視界に捉《とら》えていられたのは、そこが限界だった。

ゆらりと後ろを向く。

ほとんど無意識の動作だった。

「…………っ」

破れるくらいに唇を一度強く噛《か》んでから、

「ムゲっ!!」

背後でヨリちゃんが悲鳴のような声で呼び止めるのを聞きながら、あたしは教室を飛び出していた。

※

「うぅ……だから、嫌だったんだ！」

校舎を繋《つな》ぐ連絡通路で、ヨリちゃんが泣いていた。

時刻はまだ朝のホームルーム前だ。

通路にはあたしたち以外、他の生徒はいない。

頭上を見上げると、こんな時だというのに、空は個人の事情なんか知ったことかと言わんばかりに、夏らしく真っ青に晴れていた。

「なんで、あたしじゃなくて、ヨリちゃんが泣いてんの？」

通路の手摺《てす》りを背に、ヨリちゃんと並んで座りこんだあたしは、力なくヨリちゃんに声をかけた。

ヨリちゃんはグスグス鼻を鳴らしつつ、

「日之出のこと、もう諦《あきら》めな」

「え〜無理」

「諦めないと、絶交だから！」

「絶交も無理ぃ」

「うぅぅぅぅぅ〜」

ヨリちゃんは唸《うな》ると、その場で立ち上がり、あたしに背を向けた。

あの後、教室を飛び出したあたしのことを、ヨリちゃんはすぐに追いかけてきた。

しかも、どうやらヨリちゃんは教室を出る時、行き掛けの駄賃とばかりに、あたしが教壇に沈めた坂内のことを上靴で踏んできたらしい。思い返してみれば、後ろで坂内が叫ぶのが、少しだけあたしの耳にも聞こえていた気がする。

ヨリちゃんらしいよね、はは……。

「ヨリちゃん」

「ぶぁかっ！」

もう一度、あたしが声をかけると、ヨリちゃんは涙声であたしのことを罵《ののし》った。もちろん、それがヨリちゃんの優しさだってことは、あたしも分かってる。ただ、今はそんなヨリちゃんの気持ちさえ、どこか遠い。まるで、自分の感情が自分の中から綺《き》麗《れい》さっぱりなくなって、空の彼方《かなた》にでも行っているような気分。

あたしはゆっくりと膝小僧《ひざこぞう》の上で顔を伏せた。

教室にいた時と違い、涙は出てこなかった。

4

不思議と授業をサボったりする気にはなれなかった。

いや、逆かもしれない。

授業っていう理由があったからこそ、あたしは日之出のいる教室に何とか戻ることができたんだろう。とはいえ、朝の出来事があったせいか、その日は1日、クラス全体がざわついていたけれど。

日之出とはその後、一度も話さなかったし、傍にも近づかなかった。

代わりに、ヨリちゃんがずっとあたしの近くにいてくれた。

家に帰ってみても、あたしの虚《うつ》ろな感覚は元に戻らないままだった。

いや、そう思っていたのだけど、鞄《かばん》を部屋の隅に投げて、ロフトベッドの下に籠《こ》もると、涙だけは出た。体がひどく重い。制服から普段着に着替えるのが億劫《おっくう》だ。でも、ずっと制服のままで泣いていたりしたら、薫さんに変に思われてしまう。

あたしは力の籠もらない自分の体をのろのろと動かし、何とか着替えだけは済ませた。でも、気力はそこで尽きた。

「…………」

枕に突っ伏して、視界を闇に落とす。

このまま、晩ご飯まではこうしていよう。

その頃になれば、この涙も止まっているだろう。

だけど、暗い世界でぼんやりとそんなことを考えていたら――。

邪魔が入った。

「美代ちゃん。いる？」

薫さんだ。

しかも、声が近い。これは1階じゃなく、あたしの部屋のすぐ外にいる。

そういえば今日は確か、お父さんも仕事が休みで家にいるんだっけか。

「いますー」

あたしは枕から頭を起こさず答えた。

「良かったら、お茶にしない？」

「あ〜、あたしはパスで」

いつもの薫さんなら、ここで退《ひ》くはずだった。「そう」と残念そうにつぶやいて、トントンと階段を降りていって。

ところが、いつまで待っても、薫さんが階段を降りていく足音がしない。ドアの向こうで沈黙している。

変だなと思っていたら、意を決したような薫さんの声がまた言った。

「ちょっと入っていい？」

「……えっ⁉」

予想していなかった展開に、あたしもさすがにあわてた。

「あっ、ちょっと——」

断りそうになって、断る理由が何もないことに気づく。

気力が尽きた、なんて言っている場合じゃなかった。なにしろ、たった今まで涙を流していたんだ。鏡がないから自分では確認できないけど、きっとひどい顔になっている。反射的に、あたしは近くにあったティッシュを手に取り、目元をぬぐった。それから、ロフトベッドのカーテンを開き、その場で仰向《あおむ》けになった。そうして、再度、薫さんに返事をした。

「あ～、はい、どうぞ」

答えつつ、無理やり腹筋運動を始める。両手で頭を抱え、涙で赤くなっているはずの自分の目を、左右から腕で隠すようにして、だ。

カチャリとドアが開く音がして、薫さんが室内に入ってきた。

あたしはそちらに目を向けないよう気をつけながら、

「あたし、今、ダイエット中なんで……」

腹筋運動を繰り返す。無論、その心は「早く出て行ってほしい」だ。でも、今日の薫さんは、このあたしのシグナルにも従ってくれなかった。それどころか、妙に真剣な声で薫さんはあたしに呼びかけてきた。

「美代ちゃん……」

一呼吸、間があって、

「私が一緒にいるの……いや？」

「！」

瞬間的に、あたしの胸の奥でずしんと不快な重みが増した。

――まったく。

こんな日にそういう話をしてきますか？

ただでさえ、こっちは今、余裕がないってのに。

あたしは苛立《いらだ》つ気持ちを強引にねじ伏せ、顔を隠すのをやめると、ムゲじゃない笹木美代の笑顔を薫さんに向けた。

「なにそれ、エグいドラマみたい」

下手な冗談で最後の防衛線を張る。

「ないない、全然ないですよー、そんなこと。あははは」

けれど、薫さんはそんなラインさえ無遠慮に踏み越えてきた。

「どうして笑うの？」

「…………」

「美代ちゃん、いつもそうやって笑ってるけど、ホントは無理してるんじゃないかなって」

多分、それこそ普段のあたしだったら、ここまで言われても、「笹木美代」でいることをやめたりはしなかっただろう。

薫さんの言葉を笑い飛ばして、誤魔化して、適当に煙《けむ》にまいて、元の「家族ごっこ」を続けようとしていただろう。

だけど、今はタイミングがあまりに悪かった。

学校でのこと、日之出とのこと。

心が摩耗しきっていて、もう笹木美代のお面を被《かぶ》っていることそのものが、耐えがたい苦痛になりつつあった。

　代わって沸き起こってきたのは、ふつふつとした怒り。

　お母さんが家を出ていって、お父さんはそんなお母さんのことを連れ戻そうともせず、そのうち薫さんがやってきて、それ以来、ずっと言えずに溜《た》めこんでいた、お面を被ってない「私」の怒り。

「私ね、美代ちゃんのこと……」

　薫さんがまだ何か言っている。

　――もういい。

　しゃべらないで――。

　あたしはそれまでとは打って変わった低い声で、薫さんの言葉を遮った。

「……勝手すぎんだよ」

「え？　勝手？」

　薫さんの少し驚いたような声。

　この先に進めば、壊れる。

　あたしたちがこれまで何とか維持していた、とりあえず平穏な日々が。家族ごっこが。

　だけど、先にラインを越えたのは薫さんの方だ。

　ならもう、あたしの知ったことじゃない。

「勝手すぎるっ！　我《わ》が儘《まま》すぎっ……ぐっ！」

立ち上がって力一杯叫ぶと、その拍子にあたしは勢い余って頭をロフトベッドの角にぶつけてしまった。痛い。本当に痛い。でも、痛みは怒りを鎮静化させることなく、ますます燃え上がらせた。

「美代ちゃん……？」

「無理して笑って何が悪いんだよ!!　そうしたいから、そうしてるんだよっ!!」

薫さんは突然豹変《ひょうへん》したあたしに、呆然《ぼうぜん》としている様子だった。

あたしはそんな薫さんを見ずに、わめき続けた。

「何なんだよっ、再婚とか！　そんなん、こっち傷つくのなんか最初から判ってんじゃんか！　でも、何とか受け入れて平和に暮らそうとしてるんじゃん！　それなのに今度は無理して笑うなとか！　どんっだけっ！　押し付けるんだよ！」

階段を駆け上がってくる足音が部屋の外から聞こえた。

お父さんだ。あたしの大声を聞きつけたらしい。慌てた様子で部屋に飛び込んでくる。

あたしは構わず、机の前に置いてあった自分の椅子を手に取った。

お父さんと薫さんに当てつけるように、ダンと大きな音を立てて、椅子をロフトベッドの横に置く。

「お母さんだってさ！」

怒鳴り続けながら、あたしは椅子の上に座るのではなく、足を掛けて立ち上がった。

そうして、ロフトベッドの敷布団の下に隠していた猫のお面を引っ張りだした。

「あたしのこと捨てて出ていったくせにぃ！　今度は一緒に暮らしたいとかっ！」

「美代ちゃんっ」

「あたしはお母さんも、お父さんも、薫さんも……どうだっていいんだよっ！　みんな……みんな、いらないんだっ!!」

ほとんど絶叫に近い声で叫ぶと、あたしは初めて部屋の中にいる薫さんとお父さんに目を向けた。

――っ!?

そして、自分でも愕然《がくぜん》とした。

薫さんとお父さんが、カカシになっていた。

へのへのもへじで書かれたカカシ。

もちろん、錯覚だ。自分の気持ちが盛り上がりすぎた時、日之出とヨリちゃん以外のことが目に入らなくなる、いつものあたしの錯覚。

ただ、実を言うと、あれは意識して自分を騙《だま》している感覚だった。あたし自身が日之出やヨリちゃんしか見たくないと思った時、半分は自覚して周囲の人間をカカシに置き換える——そんな、頭の中を妄想で一杯にするような錯覚。少なくとも、意識していない時に周囲の人間が勝手にカカシになったりしない。

なのに、ほんの数瞬のことだったとはいえ、お父さんと薫さんのことが、あたしにはカカシに見えた。自覚して、そうしたわけでもないのに。

「美代っ」

お父さんが宥《なだ》めるようにあたしの名を呼ぶ。

それであたしはハッと我に返った。

……そうだ。

いまはそんなこと、どうでもいい。

このままここにいると、頭がおかしくなる。

自分の感情に歯止めがかけられない。

「っ」

「美代ちゃん！」

あたしは身を翻すと、部屋の窓を開けた。ここは2階。でも、あたしの手の中には猫のお面がある。

「美代！　待ちなさいっ」

お父さんの制止する声を振り切り、窓の外に出たあたしは、２人から見えなくなった一瞬の隙をついて、太郎になった。

「美代ちゃん！　戻ってきて！」

何も聞きたくない。

あたしは振り向かず、家を飛び出した。

まるで、日之出に大嫌いだと言われた朝、教室でそうしたように。

※

足は自然にその場所へ向いた。

登窯広場にある「時空」のモニュメント。

太郎のあたしと日之出が、お祭りの夜、身を寄せ合った場所。

モニュメントの手前で、あたしは太郎からムゲに戻った。

夕暮れ時を迎えたモニュメントは、翳《かげ》った陽の中で寂しげに佇《たたず》んでいるようにも見えた。

……他のことはどうだっていい。

薫さんもきなこも、お父さんもお母さんも、誰があたしのことを嫌いでも構わない。

どうだっていいのだ。あたしは。日之出のこと以外、どうだって。

裸足《はだし》のまま、あたしはモニュメントの空洞部分に入った。そのまま猫のように地面の上で丸くなる。

「バカだなぁ、あたし……」

呟《つぶや》く自分の声にまた涙が混じった。

「ヨリちゃんの言う通りだった……お弁当くれたから、いい気になって……手紙書いたりして」

朝、日之出からぶつけられた言葉が、何度も何度も頭の中で浮かんでは消える。

「大嫌いって……言われちゃった。ぃやだぁ……ねえ、あたし、好きって言われたい……大好きだって言われたいよ……」

それ以上はもう、まともな言葉にすらならない。

「うぇ……ひっく……ひっく……」

声をあげて泣いたのなんて、小学生の時以来な気がする。

※

さんざん泣いて、声も嗄《か》れて、涙のストックさえ尽きて。

辺りもすっかり暗くなった頃。

いつもなら家に帰らなければいけない時間だった。でも、今はそんな決められたルールに従う気には到底なれなかった。かといって、こんな時間、ムゲのまま、しかも靴も履かず、素足で街をうろついていたら、間違いなく補導員に呼び止められる。

あたしはまた太郎になると、今度は日之出の家に向かった。……自分でも未練がましいとは思う。思うけど、他に行く場所を考えつかなかった。それに、ムゲのあたしは嫌われても、太郎のあたしはまだ嫌われていないと思う。

家に行ってみると、日之出はお祖父《じい》さんの工房にはいなかった。

ただ、部屋で勉強しているのかというと、そうでもなかった。

窓の外から室内を窺《うかが》ってみる。日之出はベッドの横で寝転がっていた。時間帯を考えると、夕食はもう済んだのだろう。仰向《あおむ》けになり、ぼんやりと天井を見上げている。

日之出にしては、珍しい姿だった。

何か考え事でもしているのだろうか？

耳をすませてみると、窓の向こうから日之出の独り言が、途切れ途切れに聞こえた。

「……あいつ、なんで、あんなこと言ったんだ？　あいつに俺、自分の悩み、話したことないよな……」

あたしは自分の存在を知らせるべく、カタカタと前足で窓ガラスを揺らした。

すると、日之出も気づいたらしく、視線がこちらに向いた。

あたしの姿がその瞳《ひとみ》に映ると、虚《うつ》ろな気配を漂わせていた日之出の表情が微《かす》かに変わる。目元が優しくなる。

「太郎。珍しいな、こんな時間に」

窓を開けて、日之出はあたしを中に入れてくれた。

「そういや、お前、あの皿」

「にゃっ!?」

さすがに、あたしはドキリとした。

あの皿っていうのは、もちろん、その。

あたしが足跡を付けちゃった日之出の作りかけの皿のこと、だよね？

叱られるかと思ってあたしは身を縮めた。でも、日之出の表情は優しいままだった。

「凄《すご》いな、お前は。じいちゃん、褒めてたぞ。……俺とお前は違う、か」

その日之出の言葉は、あたしには意味がよく分からなかった。お祖父さんが褒めていたというのもそうだけど、後半部分が特に理解できない。俺とお前は違う？　ムゲや笹木美代ならまだしも、猫の太郎と人間の日之出が違うなんて、当たり前のことじゃないか。

「…………」

日之出はまた元のぼんやりした顔に戻っていた。

太郎のあたしを抱き上げると、鼻先をあたしの顔に近づけてくる。

「太陽の匂い……あいつの匂い」

あいつ？

「あいつでも、思ったことが言えないことがあるんだな」

ますます日之出の言葉が意味不明になった。やっぱり、今日の日之出はいつもとは違う。

と思ったら、不意に日之出がハッとしたように目を大きく見開いた。

「あれ？　俺――」

つぶやき、日之出はなぜか、あたしをベッドの縁に降ろした。あたしの目の前で正《せい》坐《ざ》し、視線の高さを合わせると、こっちをまっすぐ見つめてくる。

そして、日之出は妙に緊張した声で、こう言った。

「好きだっ！」

――は？

あたしはポカンとした。

えっと……。

これは、その、太郎のあたしに言ったんだよ、ね？

なんだか、言葉に前後の脈絡とかそういうのが、まったくなかったけど。

あたしは目をしばたたかせた後で、真正面にある日之出の顔をまじまじと見る。すると、日之出の頬が急に赤くなった。

「あ～……」

そんな声をあげて、日之出は上半身を前に倒し、頭をベッドの上の敷布団に預けた。

あたしのことを撫《な》でながら、

「そっかぁ……好き、だ」

やっぱり、太郎のことのようだ。

日之出があたしを撫でながら、ゆっくりと瞼《まぶた》を閉じていく。頬はまだ少し赤かったが、どこか胸のつかえが取れたような顔をしていた。

あたしはそんな日之出の顔を見つめながら、内心で呟いた。

――太郎だったら、こんなに好きになってくれるんだね。

ずっとそうだった。

多分、これからも。

そのことが今はひどく寂しい。

「………」

夜が更けていく。

ベッドにもたれたまま、日之出は眠ってしまったようだった。

あたしも目を閉じた。家には帰らない。今日はここにいる。夜が明けて、太陽が「おはよう」と顔を出すその時まで、ずっと。

――日之出サンライズ。

あたしはきっと、日之出と、日の出を見るのが夢だったんだなぁ。

太郎でなら、その願いもかなう。

だけど、ムゲや笹木美代ではかなわない。

今日はそれがやっと分かった日だ。

※

「……ん」

朝日のまばゆい輝きと、スズメの鳴き声で目が覚めた。

寝惚《ねぼ》け眼《まなこ》で辺りを見渡す。

どこをどう見ても自分の部屋じゃなかった。

「え……ああ、そっか。日之出んち」

そこで、部屋にかけられた壁時計が、何となく目に入った。

短針が8の数字にさしかかっている。

「やっべっ、こんな時間！　学校に――」

思わず飛び起きたところで、自分が4本の足で立っていることを今更思い出した。

「あ、猫だったら、行かなくてもいいのか……」

いいや。

本当はそれだって間違っている。

太郎のあたしは学校に行かなくてもいい。でも、あたしにはムゲや笹木美代の顔もあるのだ。今日は平日なんだから、ムゲや笹木美代は当然、学校に行かなきゃならない。

ただ、そのためにはまず、家に帰る必要があった。

――やだな。

あたしが下を向いて、そう思った瞬間、日之出の部屋の窓ガラスが「ガタタッ」と大きな音を立てた。日之出はもう部屋にいない。学校に行ったのだろう。つまり、それは日之出ではなく、

「なはは～」

窓の外に、でっかい三毛猫がいた。赤い襟巻を巻いた三毛猫。今日はいつものように着物を着ていない。二足歩行でもない。キセルも吹かしていない。

ただ、あたしにはそれが何なのか、すぐに分かった。

「お面屋っ？」

「なはっ」

その三毛猫、つまりお面屋が大きく笑い、器用に前足で窓を開けると、日之出の部屋に入ってきた。

そして、今日もまた、顔を合わせるなり、あたしの気持ちを見透かしたように、こんな言葉を口にした。

「猫になればぁ、良いことだらけ」

「！」

「もう大抵のことは幸せだよ。猫のあたしが言うんだから間違いなぁい」

あたしは口をつぐんだ。

そうしようと思ったわけでもないのに、俯《うつむ》いてしまう。

やがて、ぽつりと口をついて出てきた言葉は、おそらく今のあたしの本心だったのだろう。

「……いいや」

「ん～？　いいや、とは？」

「美代はもう、いいや……」

途端に、お面屋は一際嬉《うれ》しそうな声で、また「なはっ！」と笑った。

「そうかいそうかい。そら、いい考えだ！」

「もういいや……」

あたしは繰り返す。

なんだか、本当に疲れた。

精も根も尽き果てる、なんて言葉があるけれど、まさにそんな感じ。家のことも、学校のことも、日之出のことも、全部が全部、あたしが願ったようにならない。美代やムゲじゃ何をやったって、うまくいかない。

唯一、太郎でいる時だけは、そんなことも考えずに済む。

お面屋がずっとあたしに言い続けていたのは、こういうことなのかもしれない。

なら、いっそ、このまま――。

そう思った瞬間、自分の顔に妙な感触を覚えた。

喩《たと》えて言うなら、皮膚が痛みも何もなく宙に浮かんでいくような。

軽く目まいがする。

まばたきした途端、４本の足で立っていた日之出のベッドの上に、何かが落ちた。

「え……」

それはお面だった。

あたしが太郎になる時に使う、猫の形をしたお面とはまた違う。

人間の顔に似せたお面だ。

しかも、これ、今あたしの顔から外れて落ちたような――。

「のほぅっ！」

お面屋が歓声を上げて、その場で宙返りをした。太った体の割に、やけに身軽だった。飛び降りてきたお面屋のせいで、日之出のベッドのマットがたわむ。あおりを受けて、あたしの目の前に落ちた人間のお面が宙を舞った。それをお面屋は自分の頭の上で器用にキャッチした。

「どうもぉ」

「⁉　それは？」

「人間の顔さ。本当に人間を捨てたいと思ったら外れる」

言いながら、お面屋はもう用は済んだとばかりに、入ってきた部屋の窓へ向かった。いや、一度だけ立ち止まって、あたしのことを振り返ると、いつものようにニヤリと笑った。

「もうずっと猫だ」

さすがにあたしは自分の毛が逆立つのを感じた。

もうずっと猫――当然、それはあたしのことを言っているんだろう。

「え……人間に戻れないの？」

「このお面つけたら戻れるよ。完全に猫になってしまう前ならね」

あたしのお面を頭に載せたお面屋が、再び歩き出した。窓の外のベランダに出て、今度はそこからあたしの問いに答える。

「中身も完全に猫になるにはもう少し時間がかかるけど、その時が来たら、良いところへ連れてってあげるよ。お祝いにね」

「ま、待って！　やっぱりまだ――」

引き止めようとした瞬間、ぴしゃりと窓を閉められた。

「んなは〜っ」

お面屋がまた宙に飛んだ。

今度は宙返りどころじゃない。

たった一度の跳躍で、お面屋は隣の家の屋根まで行ってしまった。そこで普段の着物を着た二足歩行の化け猫に姿を変えると、さらに跳躍し、屋根の向こうに逃げていく。

あたしはというと、窓のこちら側で、その後ろ姿を見送ることしかできなかった。

追いつけるかどうかはともかく、太郎の体ならお面屋の後を追いかけることくらい、できたかもしれない。でも、そうしなかった。

なぜか、足が動かなかったのだ。

——いや。

なぜか、っていう言葉は嘘か。

あたしは分かっていた。

自分に追いかける気がないってことを。

それはつまり、お面屋が言ってたことを受け入れるってことでもある。

人間はもういい。

ずっと猫。ずっと太郎。

「バイバイ、ムゲ……」

お面屋の姿が消えた空を見上げて、あたしは小さく呟《つぶや》いた。

interlude
3

あるいは
陽だまりに
まどろむ
煙突の裏で

幸せが欲しいわけではない。
幸せになって欲しいのだ。
もっと長く。
自分がいなくなったとしても、ずっと。

※

※

家の中が騒がしかった。
昨日の夕方から、美代が帰ってこない。
薫や美代の父親の洋治《ようじ》が方々を駆けずり回っても、一向に行方は知れない様子だった。
朝になると、洋治は会社を休んだ。今は外に美代を捜しに行くのではなく、親戚《しんせき》や知人の家に電話をかけている。美代がそこにいないか、確認を取るためだ。ただ、これも成果は芳しくないようだった。

「あと、可能性がありそうなのは、やっぱ美代の学校の友達だよな。薫、誰か知らないか？」

「ごめんなさい。美代ちゃん、私に学校のことはほとんど話さないから」

「この間、言ってた子は？　ひの、れ、だったっけ？」

「それも私にはちょっと」

「そうか……いや、しょうがないよ」

疲れたように呟き、洋治はリビングのソファにどっかりと腰を下ろした。薫も並んで座る。

　きなこの知る限り、2人とも昨日から一睡もしていないはずだった。

「友達の家に泊めてもらってるなら、まだ安心なんだけどな」

「……本当にごめんなさい。私が美代ちゃんと一度、ちゃんと話し合いたいなんて言い出したから、こんなことに」

「いや、薫のせいじゃないよ。というか、俺も最初から一緒にいるべきだった。美代が戻ってきたら、今度はそうしよう」

「ええ……」

沈んだ会話は、きなこの頭の上でずっと続いている。

きなこは猫なので、人間の言葉で交わされるその話を完全に理解することはできない。ただ、内容は大体想像できた。と同時に、無駄なことだと思っていた。

考えてみれば、分かることである。

――あの子の居場所はここにはない。

元々、この家に先に住んでいたのは美代の方で、薫やきなこは後からやってきた新参者だった。

ただ、今はもう薫やきなこではなく、美代の方が家中の異分子になっている。ずっと近くで見てきたきなこには分かる。薫も洋治も美代に気を遣い、遠慮し、それが見た目の平穏さとは裏腹に、この家の空気を濁らせていた。結局のところ、原因はあの子自身なのだ。あの子が内心では薫を受け入れず、実の父である洋治のことさえ拒絶してきたから、今の状況がある。

無駄なこと、そして、放っておけばいいだけの話だった。

異分子がいるから家の中が落ち着かない。

なら、「薫を受け入れない美代」はもういらない。ここには帰ってこない方がいい。

それが薫のためでもあるし、薫もまた望んでいることだろう――。

「洋治さん、学校には……」

「そうだなぁ。いよいよとなったら、連絡してみるしかないか。学校の先生なら、美代の友達が誰かくらい分かるだろうし」

「騒ぎになったりしないかな？」

「それも仕方ないだろう。こういう状況なんだから」

「そうね」

薫と洋治の話はまだ続いていた。

それを聞きながら、きなこは開いたドアから、そっとリビングの外に出た。

階段を上がり、2階にあるその部屋、美代の部屋に入る。

主《あるじ》不在の部屋はしんと静まり返っていた。

部屋の隅に放り投げられたままの鞄《かばん》、開きっぱなしのカーテン、引き出しが半開きの机。いるべき者の姿が消えると、やはり景色は変わる。あの老猫の姿が消えた、焼き物工房の裏庭のように。ただし、あの裏庭と違って、ここの景色はまだ完全に死んでいない。主が戻れば、また蘇《よみがえ》ることもあるだろう。

部屋の中央まで進むと、きなこはそこで寝そべり、丸くなった。

よく見ると、壁時計の秒針だけが、この仮死状態の部屋の中でも規則正しく回っていた。

はっきり聞き取れる音はなく、静かに進み続ける針――。

それが10周ほどした頃だっただろうか。

不意に、部屋の窓の外で物音がした。

寝そべったまま、きなこはゆっくりと顔だけを上げた。

「んなは〜」

窓の外のベランダに、丸々と太った大きな三毛猫の姿があった。

三章——無限大謎人間は島に行く

I

1日中、猫のままでいるのは、さすがにあたしも初めての経験だった。

それで気づいた。

――やることがない。

考えてみるとさ。

人って、物心ついた頃から、毎日やらなきゃいけないことが結構あるよね。

ちっちゃい頃は幼稚園に行かなきゃいけないし、小学校に上がれば小学校、中学校に上がれば中学校に通わなきゃいけない。もちろん、お休みの日はまた別なんだけど。

ただ、そのお休みの日だって、友達と遊んだり、お買い物に行ったり、試験勉強したり。何かしら目的を持って行動している日の方が、あたしは多い。

いや、多かった、か。

だから、いきなり人間に戻れなくなって、「やらなきゃいけないこと」がなくなると、途端に時間をどう使ったらいいか、あたしには分からなくなった。

こうなる前、つまり美代から太郎に変身していた時は、日之出に会いに行くっていう目的があったんだけど。

いまは真っ昼間で、日之出も学校で授業を受けている頃だろうから、会いに行くわけにもいかない。

これが猫になるっていうことなのかなあ？

気にしなきゃいけないのは食事のことくらい。でも、それも日之出の家にいれば心配ない。

散々、時間を持て余したあたしが、やがて思いついたのは、一度、自分の家に帰ってみることだった。

もちろん、美代として帰るわけじゃない。太郎として戻る。だから、そこにいるお父さんや薫さんに何か話ができるわけじゃない。

ただ、あたしはもう笹木美代にはなれないのだから、話ができなくても、一度くらい、お父さんと薫さんに顔を見せておいた方がいい気がしたのだ。自分でもまだ、この先ずっと猫のままでいるっていう実感みたいなのは全然ないんだけど。

曇り空の下、いつもの坂道を歩いて、笹木美代の家に向かう。

家の前に到着した時、ふと、あたしは気づいた。

家の駐車スペースだ。

お父さんの車の他に、見憶《みおぼ》えのある原チャリが停まっていた。

「あれ？　お母さん、来てんの？」

珍しい。

いつも、あたしを外に誘うことはあっても、家に来ることはなかったのに。

あたしはリビングの窓に近寄った。

リビングのカーテンは閉じられている。

だけど、あたしがその前に立つと、まるで計ったようなタイミングで、カーテンがシャッと開けられた。

「ん？」

カーテンを開けたお父さんと思いっきり目が合ってしまい、あたしは一瞬ギクリとした。ただ、お父さんの方はあたしを見ても大して反応しない。そりゃそうだ。今のあたしは太郎で、お父さんから見れば、野良猫が庭を歩いているようにしか見えないはずなんだから。

お父さんが窓の外にいるあたしに背を向ける。

あたしはホッと息をついて、改めて室内を覗《のぞ》きこんだ。

リビングにはお父さんの他に、やっぱりお母さんと、それに薫さんもいた。

お母さんはソファの背もたれに腰を預け、苛立《いらだ》たしそうにお父さんと話をしている。

「だーから、スマホ持たせなさいって言ってるのに」

「ん〜〜」

「大体さ、なんで学校なんか行ってんの？　噂になったりしたら、美代が学校に居辛《いづら》くなるでしょ」

「友達に聞けば、何か分かるかと思って」

「じゃ、直接、友達に聞けば？　もしかして知らないの？　美代が誰と友達か」

「知らないよ」

「最悪！」

お母さんは吐き捨て、お父さんはうんざりしたように、水差しからコップに注いだ水をぐいと飲み干した。

そこで、今度は薫さんが口を開いた。

「……美紀さんのところにも行ってないんですよね？」

感情を押し殺したような声だったけれど、こっちも上機嫌とは到底言えない顔をしていた。

お母さんがムッとしたように薫さんのことを睨《にら》む。

「そうだけど？」

「美代ちゃんは、あなたのこと——」

「あんたに気を遣ったのよ！」

何か言いかけた薫さんのことを、お母さんが強い口調で遮った。

「優しい子だから。美代の心の中にも、家族の中にも土足で上がりこむあんたには判らないでしょうけど！」

俯《うつむ》きがちだった薫さんが、今度こそキッとお母さんのことを睨み返した。

「美紀さんこそ、母親に捨てられた子どもの気持ち、判ってないです」

「はああっ!?」

「どれだけ美代ちゃんが傷ついているか……」

パンッ、という乾いた音がした。

お母さんが薫さんを平手打ちした音だった。

いや、その、それだけなら、お母さんの性格的に、あたしもそこまで驚かなかったんだけど――。

「っ！」

また、パンッ、という音。

ぶたれた薫さんが即座に反撃に出て、お母さんの頬を叩《たた》き返したのだ。

――ちょっ。

「!?　なあにすんのよっ！」

　一瞬、呆然《ぼうぜん》としたお母さんが我に返ると、目を吊《つ》り上げて薫さんに掴《つか》みかかった。薫さんの髪の毛を引っ張り、振り回そうとする。薫さんも負けてない。同じようにお母さんの髪を掴む。もちろん、2人とも格闘技経験者とかじゃないから、その様は完《かん》璧《ぺき》なキャットファイトってやつ。だけど、気迫だけはどっちも凄《すさ》まじい。

「私はいつか、この家に戻ってくるつもりだったのにっ！　あんたがいるから帰れなくなったんじゃないっ！　美代から母親を奪ったのはあんたよっ！」

「私はただ美代ちゃんにっ！」

「おいおいおい、やめろって……」

　そして、腰が引けつつ、そんな2人を宥《なだ》めようとする、ちょっと情けないお父さん。

　うわぁ、ドのつく修羅場。

　原因の半分はあたしかもしれないけど、残り半分は絶対違うよ、これ。

　なんにしても、さよなら言う雰囲気じゃないな、いまは。

　あたしは大喧嘩《おおげんか》が続けられているリビングからそろりそろりと後ずさりすると、家の敷地の外に出た。

　うん。

　挨拶《あいさつ》は改めて、っていうことにしておこう。

　というかね。

なんだ。

薫さん、あたし相手じゃなきゃ、変に気を遣ったりしないじゃん。大人だけになると、本気の喧嘩をするなんて、何だかずるいよ。あたしにも少しくらい、本音を見せてくれたら良かったのに。まあ、あたしも薫さんに本音を見せてなかったから、そこはお互い様か。

こういうのを、ままならない、って言うのかな。

※

家を離れると、空模様が急に怪しくなってきた。

遠くでゴロゴロと雷の鳴る音がする。

やがて、灰色の空からぽつぽつと雨粒が落ち始めた。今のところはまだ小雨。ただ、そのうち本降りになるのは間違いなさそうだった。

雨に濡《ぬ》れるのを避け、あたしは近くのお寺の軒下を借りることにした。

そうして、ぼんやりとお寺の前の道路を眺めていた。

――また、やることがなくなってしまった。

猫はいつもこうして、何もしない時間を過ごしているんだろうか？　そう考えると、少し前のあたしは太郎の姿はしていても、やっぱり猫とは程遠い存在だったんだろう。

かすかな雨音を除けば、お寺の周囲は静まりかえっている。

じっとしていると、薄暗い静寂に眠気すら誘われそうになってきた。

が、そこで、あたしは知っている人の声と足音を聞いた。

「ムゲ……どこ？」

思わずハッと目を開く。

お寺の前の道路だった。

おかっぱ頭の女の子が辺りを見渡しながら、通り過ぎていく。傘はさしていない。

そして、着ているのは学校の制服だ。

――ヨリちゃん？

今は時計なんか持ってないから、正確な時間は分からない。

でも、体感で計れば、まだ学校は授業中のはずだった。なのに、どうして、ヨリちゃんがこんなところにいるの？

軒下を離れると、あたしはヨリちゃんの後を追った。

「…………」

雨の中を歩くヨリちゃんはこっちに気づかなかった。あいかわらず、周囲をきょろきょろと見《み》廻《まわ》している。

——ひょっとして、あたしのことを捜してる？

その真剣な顔を見ていると、ふと昔の記憶があたしの中で蘇《よみがえ》った。

確か、小学生の時だ。

あたしとヨリちゃんはその頃から仲が良かったけれど、実は一度だけ仲違《なかたが》いをした。

というのも、当時のあたしは学校のクラスメイトの間で、仲間外れにされかけてたんだよね。理由？　お母さんがあたしを捨てて家を出ていったっていう噂が、クラスの中で広まったから。小学生くらいの子って、ああいう時、遠慮も容赦もしない。元々、無限大謎人間で、クラスの中で浮き気味だったあたしは、プラス「親に捨てられた子」のレッテルを貼られて、ほとんど村八分状態だった。

で、クラス全体がそういう雰囲気だと、ヨリちゃんだって、あたしに中々近づけない。

だから、他の子に合わせて、あたしのことを避けようとしたんだ。

あたしは怒ったし、泣いた。

もちろん、今ならヨリちゃんの気持ちも分かる。ああいう時、クラスの雰囲気を無視して、あたしと仲良くしたら、今度はヨリちゃんも仲間外れの対象になってしまう。小学生の頃のヨリちゃんは、今と比べると人見知りで、大人しいタイプの子だったから、怖かったんだと思う。

でも、その時のあたしにはヨリちゃんの気持ちを思いやる余裕なんてなかったし、だから、怒って泣いて、面と向かってヨリちゃんを怒鳴りつけた。

『いらないっ！　ヨリちゃんも！　お母さんも！　いらない！　いらない！　いらないっ!!』

学校帰りの道で、何度も何度も『いらない』を繰り返しながら、あたしはヨリちゃんの前から走り去った。

ひょっとすると、あの時、ヨリちゃんが何もせず、あたしのことを放っておいたら、あたしたちはその場で絶交していたのかもしれない。

だけど、ヨリちゃんはそうしなかった。

わんわん泣いて、涙声で謝りながら、あたしのことを追いかけてきた。

『待って、ムゲ！　あたしは、いる！　ムゲのこと、いる！　だから、ごめんっ！　ごめんっ、うわあああっ』

きっと、本当の意味で、ヨリちゃんとあたしが仲良くなったのは、あの瞬間だったんだと思う。

そして、あの時のヨリちゃんの泣き顔が、今のヨリちゃんと少し被《かぶ》って見える——。

「ムゲ……」

歩き続けながら、また、ヨリちゃんがあたしの名前を口にした。

その時だった。

前から黄色い軽自動車が近づいてきた。

見覚えのある車だ。運転席を見ると、あたしたちのクラス担任の楠木《くすのき》先生がハンドルを握っている。

車はヨリちゃんの横で停まると、運転席側の窓がするすると開いた。

「深瀬、捜したぞ」

「……すみません」

窓から顔を出した楠木先生に、ヨリちゃんは開口一番、謝った。ということはヨリちゃん、やっぱり学校の授業をサボって抜け出してきたんだろうか。そういえば、さっき、お父さん、あたしのことで学校に連絡したみたいな話をしてたっけ？

車に乗った楠木先生はヨリちゃんのことを責めなかった。

「笹木は見つからなかったか？」

「はい……」

「そうか……あとはご両親に任せて、学校に戻るぞ」

そう言われたヨリちゃんは一瞬、迷うような表情を見せたけれど、先生の言葉に反抗することはさすがにしなかった。

「はい」

「日之出は？」

「駅の方を捜しに行きました」

「最初に言い出したのは日之出か？　笹木を捜しに行くの」

「あ、いえ」

「心配するな。怒ってるわけじゃない。ただ、ちょっと意外だったんでな」

　――え？

　間近で聞いていたあたしは、思わずピンと太郎の尻尾《しっぽ》を上向きに伸ばした。

　日之出があたしのことを捜してくれてる？

　本当に？

　昼に降り始めた雨は、夕方が近づくと、本降りになっていった。

　窓ガラスに無数の水滴がくっついている。

　あの後、あたしは日之出の家に向かった。さすがに、楠木先生の車に乗ったヨリちゃんの後を追いかけることはできなかったからだ。駅の方にも行ってみたけど、日之出とは会えなかったし。

　日之出の家にお母さんやお姉さんはいなかった。出掛けているらしい。

工房も今日は使われていない様子で、お祖父《じい》さんは母屋の居間で何か書き物をしていた。

太郎のあたしが居間の窓から、外の灰色の空を見上げていると、お祖父さんが書き物の手を止めて、あたしに声をかけてきた。

「賢人、もうそろそろかな？」

「にゃあ」

振り返ったあたしは、一声、鳴いた。本当は「はい、もうすぐだと思います」と答えたつもりなんだけど、太郎の体じゃ、その言葉は人間の言葉にならない。

それでも、お祖父さんは軽く笑った。

「ははは。お前、ホントに賢人のことが、×@&%&#」

――ん？

あたしは首を傾げた。

お祖父さんの言葉、後半部分が妙だった。まるで、ラジオの周波数が突然合わなくなったように、音が濁って、聞き取れなくなって。

あたしは窓から離れると、お祖父さんに近づいた。

「にゃあ、にゃあ？」

今度の鳴き声は、「お祖父さん、よく聞き取れなくて。もう一度、お願いできますか？」という問いかけ。

お祖父さんはまた笑って、あたしの頭を撫《な》でた。

「おいおい、俺はエサのことは分からんよ」

いや、そうじゃなくて。

だけど、あたしがもう一度、声を上げようとした時、玄関のドアがガラガラと開く音がした。

「じいちゃん、ただいま」

「おかえり」

「母さん、まだ帰ってないみたいなんだけど……あれ、太郎？」

居間に顔を出した日之出の目があたしに向けられる。あたしはその顔を見ることができただけで少し気分が浮き立って、「にゃあ」と嬉《うれ》しげに返事をした。ただ、そんなあたしとは違って、日之出は別のことに心を奪われている様子だった。

視線をあたしからお祖父さんに戻し、

「あ、俺、今からちょっと出かけるんで。母さんにうまく言っといて」

「ああ、判った」

お祖父さんが鷹揚《おうよう》に頷《うなず》く。

日之出も頷き返すと、傘を手にして、また外に出ていこうとした。

あたしはあわてて後を追い、日之出の肩にぴょんと飛び乗った。

「えっ？」

日之出は一瞬、驚いたような顔をした。

けれど、すぐに微笑が浮かぶ。

「太郎なら見つけられるかもな」

そう言って、日之出はあたしの顎《あご》の下を軽く撫でた。

※

降りしきる雨の中、日之出が向かったのは、色んな場所だった。

近場の公園、コンビニ、駅、図書館に喫茶店、ファミレス。

３軒目のコンビニを外から覗《のぞ》きこんだところで、あたしを肩に乗せた日之出は小さくつぶやいた。

「あいつ、どこに行ったんだよ……」

もしかして、あたしがいなくなったの、騒ぎになってた？

いや、考えてみると、当然か。

あんな風に家を飛び出して、それっきりなんだし。

ただ、ヨリちゃんはともかく、日之出までがこうしてあたしのことを捜してくれているのが、あたしには少し不思議だった。

大嫌いって言われたのに――。

それとも、本当は違うの？

あの言葉、全部が全部、本心ってわけじゃなかった？

いなくなったあたしのことを心配して、雨の中、捜しにきてくれる程度には、日之出はあたしのことを気にかけてくれてる……？

胸の内に湧き上がってくる想いを日之出にぶつける手段が、今のあたしにはない。

傘から顔を出して頭の上を見上げると、元々、灰色だった空がさらに暗くなりつつあった。

時刻はもう夕飯時を過ぎているだろう。

それでも、日之出は家に帰ろうとしない。だけど、あたしの居場所に心当たりがあるかと言うと、そんなことはまったくなかったようで、やがて、途方に暮れたように日之出の足は止まった。

そこは、この間のお祭りが行われた神社近くの駐車場だった。

しとしとと降り続く雨。

地面はすっかり雨に濡《ぬ》れている。

唯一、駐車場の端に植えられた街路樹の下だけが、座れる程度に乾いていた。傘をさした日之出は軽く息を漏らし、木の根を囲むブロックの上に腰を下ろした。

「俺、あいつのこと、何も知らないんだ……」

太郎のあたしを膝《ひざ》の上に乗せると、日之出は小さな声でそんなことを口にした。

「いつも、どこで遊んでるとか、何が好きとか、悩みとか……どんな苦労してきたかとか。あいつ……俺の前では、いつも頑張って笑ってたんだな」

雨はやまない。

日之出の静かな声が、雨音に混じっては溶けていく。

「あいつに比べたら、俺なんて、全然大したことないやつだよ……」

そう言った後で、俯《うつむ》いていた日之出の表情が少し変わった。

何かに気づいたように、目線が上がり、

「そっか」

と、日之出はまた口を開いた。

「大したことないやつって——俺、あいつにそう思われんのが怖かったのか……」

あたしたちの頭を雨から遮っていた傘の位置が、少しずれた。

傘を持つ日之出の手から力が失われたみたいだった。あたしの頭は濡れなかったけれど、日之出の頭は雨にさらされる。けれど、日之出は傘の柄を握り直そうともしなかった。

「謝らなきゃ……ちゃんと、帰ってくるよな……」

——日之出。

あたしは思わず日之出の膝に自分の前足を掛け、顔を近づけた。

——あたしはちゃんと、日之出のいいとこ、知ってるよ。

家族思いなとこも。

友達思いなとこも。

動物に優しいとこも。

だから。

好きなんだよ——。

やっぱり、言葉は届かない。

「ムゲ……」

雨空を見上げ、日之出はもう一度、言った。

「俺もっと、あいつに、＆％＄？＃＆％？＄＃％＄？……」

「っ？」

あ、あれ？

まただ。

さっき、日之出のお祖父《じい》さんと一緒にいた時、起こった出来事。

あの時と同じで、日之出の言葉の一部がよく聞き取れない。

「あいつの手紙、＆％＄？＃＆％＄？3？％＆＄？＊……」

耳に入ってくるのは、壊れたラジオのスピーカーから洩《も》れ出てくるようなノイズ。

その瞬間、あたしはハッとして、あのお面屋の言葉を思い出した。

『もうずっと猫だ』

考えてみれば。

猫は人間と直接、言葉を交わしたりしない。

それなりに意思疎通できてるかな、と思える瞬間はあっても、お互いの言っていることを完全に理解できたりはしない。

ひょっとして、これが本物の猫になるっていうこと？

お面屋は、あたしがまだ完全な猫にはなっていないみたいな話をしていた。

ただ、それも時間の問題だ、とも。

……失敗した。

太郎でいれば、もう日之出に嫌われることはない。

だけど、日之出がこんな風にムゲを心配して捜したりするなら、あの人間のお面が外れてしまう前にちゃんと言っておけばよかった。

あたしのことはもう気にしないで、って。

「にゃあ……」

やっちゃったなあ。失敗したなあ。

やっぱり、もう一度、一度だけでいいから、元のムゲに、人間に戻りたい。

言えなかった大事なこと、日之出にきちんと伝えたい――。

ただ、日之出の膝の上で、ぼんやりとそう思うあたしは、まだ気づいていなかったのだ。

自分がどれくらい、取り返しのつかないことをしてしまったのか。

その重みを。

2

ここ数日降り続いた雨もすっかりあがって、朝日が目に眩《まぶ》しかった。

「おはよ～」

「う～っす」

白い制服に身を包んだ常滑北中学の生徒たちが、所々に残っている水溜《みずたま》りを避《よ》け、校門をくぐっていく。

季節は夏真っ盛り。

あと数日で一学期の授業は終わり、夏休みまで残すところは終業式のみ。

今週末には夏祭りも控えている。太郎と日之出が出会ったこの間のお祭りとはまた別のお祭りだ。

登校する生徒たちの中に、元気よく駆けていく女子生徒の姿があった。

その女子はタッタッタと弾むような足取りで校門を通り過ぎ、先を歩いていたヨリちゃんに追いつくと、これまた元気よく声をかけた。

「おはよーっ！」

ヨリちゃんは一瞬ビクッと肩を震わせ、振り返った。

どこか戸惑い気味に挨拶《あいさつ》を返す。

「おはよう……」

女子生徒の方は気にも留めなかった。

「あっ」

急に声をあげると、女子生徒はまた走り出した。

その先には、並んで歩く日之出と伊佐美がいる。

「日之出〜っ！」

呼ばれると、日之出も少し体を強張《こわば》らせて立ち止まった。足を開いて、その場で踏ん張るような体勢をとっている。多分、警戒しているのだろう。勝手に日之出サンライズアタックと命名された技で、自分のお尻《しり》を突き飛ばされるのを。

でも、日之出の警戒は無意味だった。

「おっはよ～っ！」

その女子生徒は弾む声で挨拶しただけで、日之出の横をやっぱり駆け足で通り過ぎて行った。

「お……はよ」

少し呆然《ぼうぜん》として、日之出はその後ろ姿を見送る。

隣にいる伊佐美がぼそりと呟いた。

「家出から帰って3日目か。今日もサンライズアタックないな」

「うん……」

「なんか、変なんだよね」

これは女子生徒とは違って、歩いて日之出たちに追いついたヨリちゃんの言葉。

伊佐美が立ち尽くす日之出を振り返り、

「やっぱり手紙のショックとか残ってんのかな。謝ったよな、お前」

「うん」

日之出がもう一度、頷《うなず》いた。

その視線の先で、女子生徒――つまり、市立常滑北中学2年、笹木美代の姿はすでに下《げ》駄《た》箱の前まで到達している。

……でもね。

待ってよ。

あれが笹木美代、もしくはムゲだとしたら。

ここにいるあたしは、誰⁉

「やだ、かわいいっ！　どこの猫？」

不意に間近でそんな歓声があがった。

「にゃっ？」

校門の陰から中の様子を窺《うかが》っていたあたしは、その時、初めて自分が注目の的になっていることに気づいた。

周囲を登校途中の生徒たちで囲まれている。

「最近よく見るよねー」

「おいでおいで」

「あ、こっち見た！」

「きれいな毛並み～。マシュマロみたい」

まずい。

何がまずいって、とにかく、色んなことがまずい。

あたしはあわてて駆け出すと、ひとまず、その場を離れた。


学期末だから、いつも通りの時間割で授業が行われるのは今日までだ。

教室で、教科書を片手にした楠木先生が、黒板に白いチョークを走らせている。

「動詞、プラスｉｎｇで、動名詞となる」

チョークを置くと、先生はクラスのみんなの方を振り返った。

「じゃ、最初の例文、訳してみろ。笹木」

「あー」

名指しされた「あたし」ことムゲは、椅子から立ち上がろうともせず、教科書を見て、首を捻《ひね》った。

「え～っと……カリカリのご飯は嫌いです」

隣の席のヨリちゃんが露骨に「うぇ？」と呆《あき》れ声をあげる。

そして、ムゲは誤魔化すように笑った。

「あはは、分かりません」

周囲の生徒たちもつられて、クスクスと笑いだした。

——うけてるし。

いや、そんなことを言ってる場合じゃない。

繰り返すけど、あたしは確かにここにいる。

自分の教室の中が見える、隣の校舎の屋上。

授業中にこんなところにいたら、普通は先生から大目玉だけど、いまのあたしは太郎の姿をしているから、そこは問題ない。

問題なのは、教室でクラスメイトに笑われている、あいつだった。

あたしの姿をして、あたしの声で話す。

出会ったのは、３日前の夜だ。

※

「おーいっ、お面屋ーっ！　出てきてよっ！」

雨の中、とっぷり日が暮れた登窯広場で、あたしはお面屋のことを捜していた。

もちろん、目的はあたしの顔から外れた人間のお面を返してもらうことだった。お面屋は最後に会った時、言っていたんだ。完全な猫になる前なら、あれを着ければ、あたしは人間に戻れるって。

太郎になったばかりの頃、お面屋とはよくこの広場で出くわした。だから、ここに来れば、また会えるかと思った。

「お面屋っ！」

ところが、物陰からひょいと姿を現したのは、お面屋じゃなく、あいつだった。

「え……？　えええっ⁉」

あたしの顔をして、あたしの姿をしたあいつ。

「…………」

太郎の姿で驚嘆するあたしの前で、あいつは何も言わず、薄く笑うと、そのまま走り出した。

向かった先は、あたしの家だった。

「ただいまー」

家の外からあいつが声を張り上げると、中から真っ先に薫さんが飛び出してきた。

「美代ちゃんっ⁉──洋治さん！　美代ちゃん、帰ってきたっ‼」

「ええっ⁉」

続けて、薫さんの声を聞きつけたお父さんも。

「美代っ！　良かったっ！　無事だったんだな！　心配したんだぞ！　こわいこと、なかったか⁉」

「うん」

お父さんに抱き締められたあいつは、やっぱりあたしの顔をして、あたしの声で返事をした。

「びしょぬれじゃないか！」

「平気だよ」

「馬鹿、風邪ひくぞ。——薫」

「うん！　すぐ、お風呂《ふろ》沸かすから」

「頼む、風呂のあとは、＆％＄？＃？％＆％＆」

「％＄＃＆？＊＃？？＄」

そこから先は、日之出や日之出のお祖父《じい》さんと話をした時のように、お父さんや薫さんの言葉があたしの耳には聞き取れなくなった。でも、大事なのはそこじゃない。

お父さんと薫さんに寄り添われて、家の中に入っていくあいつは、一度だけ振り返って、背後にいるあたしのことを見た。

瞳《ひとみ》が笑う。口が動く。

あ・り・が・と。

確かに、あいつはそう言い、そして、ふいと顔をそむけた。

その視線のそらし方には、どこか見覚えがあった。

あたしは必死に記憶を探る。そうして、思い当たった。

同じ家に住んではいても、あたしには決して懐かない、緑色の瞳……。

以前、お面屋はこんなことも口にしていた。

『猫になりたい人間には猫の顔を、人間になりたい猫には人間の顔を売るのが、あたしの仕事なんでねえ』

※

下校のチャイムが鳴り響く。

時刻はもう放課後だった。

「いやーごめんごめん」

そう言って笑う、あたしじゃないムゲの向こうに、遠く海が見えた。

学校の敷地の横をまっすぐに延びる道路。

あたしじゃないあいつこと、ムゲ（偽）はヨリちゃん、日之出、伊佐美の3人と連れ立って歩いていた。

「そうだった、みんなで帰るんだった。うっかりしてたよ」

あいつはチャイムが鳴って、ホームルームの時間が終わった途端、日之出や伊佐美はともかく、ヨリちゃんのことまで放っておいて、1人でさっさと帰ろうとしたのだ。

もちろん、本物のあたしなら、そんなことは絶対しない。

そして、もう一つ。

あたしの耳には、やっぱり日之出やヨリちゃん、伊佐美の言葉が聞き取りにくくなる瞬間があった。所々、ノイズになってしまう人間の言葉。ところが、よく思い返してみると、他の人はともかく、あのムゲ（偽）の言葉だけはどんな時でもはっきりと聞こえる。

先頭を歩くムゲ（偽）に、ヨリちゃんが心配そうな顔で尋ねた。

「ムリしてないよね？」

「ぜーんぜん！」

あっけらかんと答えたところで、ムゲ（偽）の目と、道路脇の茂みに隠れていたあたしの目が合った。

ムゲ（偽）が目だけで、小さく笑う。

そうして、ムゲ（偽）は後ろを振り向くと、日之出に話しかけた。

「ねえ、日之出。あたし、今日、日之出んちに帰ろうかなあ？」

「はあ？　何言ってんだよ？」

「日之出んちへ行ってー」

言いながら、ムゲ（偽）は日之出の背後にするすると回り込み、

「ご飯も食べてー、一緒に寝るぅ」

甘えるように日之出の背中に自分の頬を摺《す》り寄せる。

――んなっ⁉

草むらの中にいたあたしは、お腹の中の物をリバースしそうなくらい驚いたけれど、日之出やヨリちゃんもそれは同じだったらしい。

「ちょっ……！」

「⁉　バカっ！　何のつもりだよ⁉」

大声をあげて、日之出がムゲ（偽）の傍から離れた。

「だめなの？」

「だめっつーか……意味分かんねーんだよ！　心配するんじゃなかった。イサミ、行こうぜ」

少し頬が赤くなった日之出は、言い捨てるなり、早足で歩き始める。

呼ばれた伊佐美はすぐに後を追いかけようとはせず、隣にいたヨリちゃんを振り返った。

「謎、無限大だな、やっぱ。逆に友だちやれてる深瀬、すごいわ」

「どうも……」


「じゃあ、またね」

「じゃあ……」

普段通りの小社前の分かれ道。

ムゲ（偽）は軽く手を挙げて、ヨリちゃんと別れる。

ヨリちゃんの方は挨拶《あいさつ》こそ返したものの、しばらくの間、分かれ道で立ち止まって、歩き去っていくムゲ（偽）の後ろ姿をじっと見つめていた。

ムゲ（偽）は振り返らない。

太郎のあたしはヨリちゃんの姿を一度見てから、すぐにムゲ（偽）の後を追った。

いや、後を追うというより、近くの家の塀を伝って、先回りした。

「あ……」

塀を降り、坂道の真ん中で立ちはだかる。

そんなあたしを見て、ムゲ（偽）も足を止めた。

その顔がまた笑う。

「あら、可愛い猫ちゃん」

やっぱり。

他の人間とは違う。

こいつだけは、

「言葉が分かる……」

あたしが呟《つぶや》くと、そいつは面白がるように頷《うなず》いた。

「まあ、まだ私、半分、猫だしね」

日之出やヨリちゃんと話していた時とは口調も微妙に違う。自分のことを「あたし」と言わない。

しかも、あたしのことを前から見知っているような、このくだけた言い草。

つまり、このムゲ（偽）の正体は——。

「きなこ……だよね？」

「正解」

隠す気は最初からなかったらしい。

ムゲ（偽）改め、きなこはあたしの問いに即答した。あたしの顔をしたまま、からかうようにこっちを見ている。

あたしは一歩、二歩ときなこに近づいた。

「ねえ、きなこ……あたし、やっぱり人間に戻りたいの。顔を返して」

今のきなこは絶対あたしのお面を着けている。そうやって人間に、「あたし」になったんだ。お面屋の残していった言葉と考え合わせてみれば、それ以外に考えられない。

あたしの訴えを聞くと、きなこは「う～ん？」と、どこか空々しい態度で首を捻《ひね》った。

あたしはさらに言った。

「日之出の言葉が分からないの」

「それはもう、かなり猫だね」

そう笑って、目の前のあたしを避《よ》けると、きなこは再び坂道を歩き出した。

踊るような足取りで、あたしから離れていく。しかも、こんな言葉を残して。

「大丈夫、ちゃんとあんたの願いもかなえてあげる。日之出とは付き合ってあげるから」

「！　待って！」

あたしは慌ててきなこを追った。

「きなこはそれでいいの⁉　ねえ、きなこ！」

3

その公園は北条《きたじょう》公園って呼ばれてる。

あたしの家から、そう離れていないところにあって、結構大きな公園だ。いまは夏だけど、春になると桜が綺麗《きれい》に咲いて、花見客も集まってくる。

公園には池があって、池の周囲を巡るようにフェンスと遊歩道が造られていた。

あたしの姿をしたきなこは家にそのまま帰ろうとはせず、その北条公園へ向かった。追いかけてくるあたしを引き連れ、遊歩道のフェンスの上を、平均台の上でも渡るように、ひょいひょいと歩く。それこそ、人間ではなく身軽な猫みたいに。

「正直、猫の方が気楽でいいんだけどね」

器用にフェンスの上でバランスを取りながら、きなこは言った。

あたしはきなこと同じようにフェンスに上がって問い質《ただ》した。

「じゃあ、なんで？」

「それは、あの人のため」

「あの人って……ああ」

言われてすぐに、整ってはいるけれど、少し幸の薄そうな顔があたしの脳裏に浮かんだ。

「薫さん？」

きなこは、そこだけは真剣な顔をして頷いた。

「あの人は、私に幸せをくれた。私はあの人に幸せでいてほしい」

今度は別の記憶があたしの中で蘇《よみがえ》った。

あたしの家で、楽しそうに戯れる薫さんと猫のきなこ。あたしが家にいる時、いつも薫さんはあたしに気を遣ってばかりのように見えたけれど、唯一、きなこと遊んでいる時だけは自然な顔で笑っていた。

きっと、あれが薫さんの本当の笑顔なんだろう。

「猫と人間では生きられる年数が違う。猫でいれば、そんなに長くない」

フェンスの上を歩くきなこが、その軽やかな足取りとは裏腹に、しんとした表情を顔に浮かべていた。

「きなこがこの世からいなくなっても、薫がずっと幸せに生きるために……あんたは猫の生涯を生きる。私はあんたの生涯を生きる。そして、あんたの代わりに、私が薫の子どもとして生きる」

あたしは愕然《がくぜん》として、目を大きく見開いた。

そうか。

そういうことか。

だけど！

「いやだ！」

あたしは叫んだ。

「やだやだやだやだっ！　あたしもずっとずっと、日之出とっ……！」

「今更そんなこと言っても無理」

続く言葉は、冷えた声によって遮られた。

あたしの前を歩いていたきなこが、足を止め、肩越しに振り返って、あたしのことを見下ろした。

その目を見た瞬間、あたしはぞくりとした。

それは確かに同じ人間の目じゃなかった。間違いなく、異なる生き物の目。しかも、あたしに対する情みたいなものは一切含まれていない。

そして、次のきなこの言葉が、あたしをさらに打ちのめした。

「あんたの寿命は、私とお面屋で半分ずつ貰《もら》うってことに決まってるんだから」

「え――」

寿命を半分ずつ……貰う？

なんだそれ。

いや、でも、待って。

確かにそうでなきゃ、きなこがあたしになる必要なんてない。

きなこの目的は、薫さんの傍に長くいることなんだから。

でも、きなことお面屋に、あたしの人間としての寿命を盗《と》られるっていうことは。

あたしはもう、この太郎としての寿命が尽きるまでしか生きられないってこと？

「やだ……」

あたしはもう一度、弱々しく言い返した。

きなこの冷たい眼差《まなざ》しは変わらない。

「どうしたら……元に戻れるの？　お面屋はどこにいるの？」

「あいつは普段、あっち側にいる」

「あっち？　あっち側って何？　どうやっていくの？」

あたしがさらに問いを重ねると、ようやく、きなこの目が元に戻った。

今度はどこか楽しそうにあたしを見て、フェンスの上で腰を屈《かが》める。

そうして、きなこはちょいちょいとフェンスの横にある遊歩道を指差した。

「猫になったら、判るはずだけどね」

あたしはきなこの指の先に視線を向けた。

「え!?」

さすがに自分の目を疑った。

遊歩道の真ん中を突っ切るようにして、妙な模様が浮かんでいた。

道の先までずっと延びている、赤い帯。

帯の色はやけに濃く、まるで血が流れる川か、

「なにこれ……道？」

「見えるなら、もうほぼ猫だ」

きなこは笑って、屈めていた腰を元に戻した。そうして、急に身を翻すと、飛ぶように走り出す。

「あ、待って！」

反射的に追おうとしたところで、あたしはフェンスから足を踏み外しそうになった。

「あっ……」

「祭りの日が楽しみだねーっ！」

「祭りって!?」

言葉はもう届かない。

あたしが体勢を崩している間に、きなこはあたしの前から走り去ってしまった。

白い制服の背中があっという間に遠ざかっていくのを、あたしは呆然《ぼうぜん》と見送る。

それから、改めて遊歩道の上に延びた赤い帯に目をやった。

――あっち側。

つまり、これがお面屋のいる場所へ続く道ってこと？

辿《たど》ってみるしかない……か。

※

道は公園内に留《とど》まらなかった。

日陰の路地、買い物客が渡る横断歩道、宅配トラックが停まる喫茶店の前。

延々と続いている。

ただ、分かれ道があるかというと、そんなことはなく、基本的には一本道だった。

それと、車の通りが多く、歩道がない道路の上は器用に避けている。この辺は何だか本物の猫の散歩道っぽい。

あたしは赤い絨毯《じゅうたん》のようなその道を順々に辿っていった。

そうして、到着したのがその場所だった。

「ここ……」

目の前に長い石の階段がある。階段の先は生い茂る木々の葉に隠れて見えなかったが、上には立派な社があるはずだった。

神明社《しんめいしゃ》だ。

常滑にある神社。

確か、明後日《あさって》はここで夏祭りが開催されることになっていたはず。きなこが口にしていた祭りっていうのは、ひょっとして、それのことなんだろうか？

赤い道はここに来ても途切れず、階段の上まで続いていた。

ただ、あたしが道を辿って、階段を上りきってみると、赤い道は神明社の社には向かわず、直角に折れ曲がっていた。その先は茂みの中に消えている。

あたしはさらに慎重に道の先へ進んだ。

周囲に生い茂る雑草。太郎のあたしなら、簡単に姿が隠れてしまうくらい背が高い。がさごそと雑草を突っ切っていくと、不意に視界が開けた。空が見える。そして、眼下には常滑の町を見下ろすことができた。崖《がけ》だ。まるで空に突き出すようにして、そびえる崖。

赤い道はそこでやっと途切れ、終点に妙なものが鎮座していた。

色はこれまで辿ってきた道と同じで、赤。

鳥居だった。

ただ、神明社の入口のところにあった本物と比べると、ずいぶん小さい。色も違う。というか、どう見ても、人はその下をくぐれない。くぐれそうなのは、今のあたしみたいな猫くらい？

「可愛い鳥居……猫用？」

鳥居にかけられた注連縄《しめなわ》から下がる紙垂《しで》も、普通のものとは違っていた。魚の形をしている。いや、ひょっとすると煮干しを象《かたど》っているのかもしれない。

きなこが言っていた「あっち側」って、ここのこと？

ただ、辺りには誰の姿もなかった。

もちろん、あの太ったお面屋の姿もだ。

もしかすると、この鳥居に向かって、何か祈ったりすると、途切れた赤い道がまた延びたりするのだろうか？

あたしは鳥居の前にちょこんと座ると、胸の前で両手を……じゃなくて、両の前足を合わせた。

まぶたを閉じて、お祈りしてみる。

「元の美代に戻れますように」

その瞬間だった。

空から耳慣れた声がした。

「ダメダメダメ～」

ハッとあたしは目を開いた。鳥居の前から飛び退《すさ》りながら頭上を見上げる。

予想通りのヤツが、赤い鳥居の上にいた。

着物を着た、大きな三毛猫。

「お面屋っ！」

「人間に戻ったって、苦しいことだけさ。さっさとお尻《しり》を舐《な》めて」

そこで、お面屋は金の瞳《ひとみ》を光らせ、いつもの胡散臭《うさんくさ》い笑みを顔に浮かべてみせた。

「日之出んちの飼い猫になりな」

あたしは無視して、自分の知りたいことを直接、お面屋にぶつけた。

「あっち側って何⁉　あと、祭りって何のこと⁉」

「なは」

お面屋は笑って、鳥居から飛び降りてきた。空中で着物を着た二足歩行の猫もどきの姿から、大きな太った三毛猫そのものに姿を変える。

あたしは後ずさりしながら、言葉を重ねた。

「きなこが言ったんだ。あたしの姿になったきなこが！」

「次の夏祭り、お前さんは完全な猫になるのさ」

「夏祭りに……」

あたしがその単語を繰り返すと、お面屋は「にぃぃぃ」と口を歪《ゆが》め、それから、おもむろに踵《きびす》を返した。あたしに背を向け、４本の足でスタスタと歩き出す。

——えっ⁉

あたしは思わず目を見張った。

だって。

たったいま見たものが信じられなかったから。

背後にあった猫用鳥居の下をくぐったお面屋の大きな体。

それが突然、宙に浮いた。

まるで、そこに見えない階段でもあるかのように、お面屋は空中を歩く。そうして、崖の先から、さらに空を進んだ。

「ええっ⁉」

あたしも鳥居の下をくぐって、崖の先端まで出た。けれど、やっぱりそこには何もない。そのくせ、お面屋のやつは、太った体をゆらゆらさせながら、宙を歩き去っていく。

「ちょっと待って！　あたし……あたし、本当は人間に戻りたいの！　戻って……日之出にずっと言えなかったことを言いたい！」

どんなに叫んでも、お面屋は振り返らない。

空を歩き続け、やがて、蠟燭《ろうそく》の炎がふいとかき消されるように、その丸々とした後ろ姿があたしの視界から消えた。

※

しばらくの間、あたしは途方に暮れていた。

お面屋の後を追いかけることはできなかった。

かといって、その場所を離れることもできない。あたしが人間に戻れる方法を知っているとしたら、それはお面屋以外にありえないのだ。なら、ここで諦《あきら》めて引き返すなんて選択肢、あるわけがない。

そう思ったところで、ふと、きなこの言葉をまた思い出した。

『猫になったら、判るはずだけどね』

――待てよ……。

崖の上で立ち尽くしていたあたしは、目をすがめた。

集中して、目の前の何もない空を見る。

「!?」

すると、何もないと思っていたはずの空が、急に蜃気楼《しんきろう》のように揺らめいた。

そうして、うっすらと浮かび上がってきたのは、巨大な木の橋だった。崖の上から宙に向かって延びた橋。一見、古ぼけていて、今じゃ観光地以外では見かけないタイプの橋だけど、造り自体はしっかりしているようにも見える。

間違いない。

さっき、お面屋はこの橋を渡っていったんだ。

あたしはそろそろと橋に足を乗せた。

足に体重をかける時、一瞬、恐怖で体が震えた。だって、今は橋が見えてても、そこはさっきまで何もなかった空間なんだよ!?　怖くない人がいたら、そっちの方がおかしい。そのまま崖の下に落っこちてしまうんじゃ？

「………」

だけど、そうはならなかった。

あたしが慎重に足下を踏み締めてみると、確かに足の裏からは木の温かい感触が伝わってきた。体重をかけても落ちたりしない。

安堵《あんど》して、あたしは体の全てを橋の上に預けた。

それから、もう一度、意識を集中させて前方、特にお面屋の姿が消えた辺りを凝視した。

途端に、それが見えてきた。

「っ！　えええっ、なんなのっ、あれ!?」

真っ先に目に飛び込んできたのは、生まれてこの方、見たことも聞いたこともないような巨木だった。

いや、それを巨木なんて安易な言葉で表現していいんだろうか。大体、30階建てのビルさえ上回る木なんて、この世にあるはずがない。天に向かってそびえる、大きすぎる樹木。はるか向こうで沈みかけている太陽の光を、後光のように背負っている。

しかも、おかしいのは木だけではなかった。

そもそも、その木は根が空中で剝《む》き出しになっていた。うねうねと曲がりくねった根の隙間から、太陽の光とはまた違った光がこぼれている。よく見てみると、それは家々から洩《も》れる光だった。つまり、末広がりになった木の根の中に、街があるのだ。まるで巨木がお城で、街はそのお城を中心に広がる城下町のよう。見ている自分の目と頭を疑いたくなる。でも、足の下には相変わらず自分を支えてくれる木の橋があるし、ということは、橋の先に見える巨木と街の存在も否定しようがない。

お面屋はあの街の中に消えたのだろう。

だったら、

「行くしかないっ！」

覚悟を決め、あたしは橋の上を歩き始めた。

interlude
4

あるいは
陽だまりに
まどろむ
煙突の裏で

※

知能を持った生き物は、結構な確率で自分のことをそれなりに賢いと思い込んでいる。

　これは自惚《うぬぼ》れとはまた別次元の話で、物事を順序立てて考えられる以上、自分には自分なりの思慮深さがあると思いがちなのである。人も猫も考える葦《あし》。知恵の実を食べた瞬間、背負わされた業と言ってもいいかもしれない。

　そして、自身の選んだ道が袋小路だった時、初めて気づく。

　自分は思ったよりも馬鹿だった——と。

※

「…………」

　ロフトベッドの下で、美代の姿をしたきなこはじっと待ち構えていた。

猫のように両手を丸くし、四つん這《ば》いになったきなこの前には、平べったい文明の利器が置かれている。

スマートフォンだ。つい先日、美代の父、洋治から買い与えられたもの。

やがて、きなこの前でスマートフォンが味気ないデフォルトの着信音を響かせた。

「うおっ！　ええっと、こういう時は――」

一度、体を震わせてから、きなこはスマートフォンを手に取った。

「これだっけ……？」

画面におそるおそるタッチしてから、耳に当てる。

すぐにスマートフォンから美代の友人、深瀬頼子の声が流れ出た。

『もしもーし』

「にゃっ……はいはい」

『スマホ、馴《な》れた？』

「いやぁ、まだ」

『何時代の人よ？』

電話の向こうで頼子が苦笑している。

『そんなことより、今日のお祭りなんだけど』

「お祭り？」

『えっと、その……伊佐美から電話あってさ。日之出とあんたと4人で行かないかって』

「お祭りかぁ」

『どうする？』

「う〜ん、薫さんを誘ってみようかな」

『え……そう？　お母さんの方はいいの？』

「番号まだ教えてない」

『そっか……』

あとは他愛のない話をしただけで、通話は切れた。

軽く吐息して、きなこはロフトベッドの下からゴソゴソと這い出た。

ここは美代の部屋だ。

寝泊まりするようになって、それなりの時間が過ぎたが、きなこにしてみると、馴《な》れるという感覚は未《いま》だに訪れなかった。そもそも、人間としての生活そのものが、まだ馴染《なじ》んでいない。……あるいは、この先もずっと馴染まないのかもしれない。

スマートフォンを服のポケットに仕舞うと、きなこは部屋を出た。

1階に降りる。

玄関のところに薫がいた。

すぐに声をかけようとして、きなこは一度、言葉を呑《の》みこんだ。

玄関のドアは少し開けられていて、足元に中身の入った猫用の餌皿が置かれていた。

薫は疲れたような表情を浮かべ、開いた玄関の扉から外を見ている。

明るさのないその横顔を見ると、きなこの胸はちくりと痛んだ。

「薫さん……大丈夫？」

改めてきなこが声をかけると、薫は初めて気づいたようで、ゆっくりと振り返った。

「あ、美代ちゃん、お出かけ？」

弱々しく微笑んでみせる。

「ううん」

「そう」

ぼんやりとうなずいてから、薫はその場で腰を屈《かが》めた。視線はもう、きなこから離れていた。じっと見つめているのは、エサの入ったプラスティック製の皿だ。

薫は相変わらず力のない声で、

「きなこが今日も帰ってこなくて……」

「…………」

「こんなに帰ってこないことなかったのに。私のことは忘れても、誰かの家で元気にしてるならいいけど」

表面的な言葉とは違って、薫が本当にそれでいいと思っていないことは、顔にはっきり書いてあった。

きなこが黙りこんでいると、薫は靴を履いて、玄関の外に出た。

「私、捜してくるね」

ぱたりと玄関のドアが閉じる。

「…………」

そして、残されたのはやるせない静寂。

きなこはじっと下を向いた。

だが、不意に弾《はじ》かれたように駆け出し、薫の後を追いかけた。

「薫っ！」

「え……？」

玄関の外に飛び出してみると、薫はもう門の外にいた。いきなり呼び捨てにされたことに驚いたのか、目を丸くして振り返っている。

きなこは少し声量を落とし、「……さん」と続けて呼び方を訂正してから、また語調を強めて言った。

「きなこは——薫さんのことを忘れたりしない。きなこは薫さんといる時が一番、幸せだから。薫さんのこと、大好きだから」

真摯《しんし》な言葉だった。

だが、思いの強さほど、言葉の裏にこめた真情は薫に響かなかったようだ。当然だろう。その言葉を口にしたのは、猫のきなこ自身ではなく、薫ときなこが一緒に過ごしてきた時間さえ知らない美代なのだから。少なくとも、薫にとってはそうとしか思えないのだから。

「だといいけど……」

薫はあいまいな笑顔できなこに応じた。

「ありがと」

心ここにあらずといった謝礼の言葉だけ残し、薫はきなこの前から立ち去っていく。

「薫……」

きなこはまた俯《うつむ》き、唇を噛《か》んだ。

※

自分は一体、何を間違えたのか？

今になってみると、あの姿を消した老猫の言葉がやけに胸に突き刺さる。

「そんなに欲しいもんかねぇ、目に見える幸せってやつが」

目に見える幸せばかり追いかけて、目に見えなかったものを蔑《ないがし》ろにしてきた。いや、それはそもそも見えていなかったのだから、大切にしようもなかった。結果、望んでいた未来は訪れず、この胸は苦しいまま。

ようやく分かった。

自分は自分が思っていた以上の大馬鹿者だ。

だが、馬鹿は馬鹿なりに、もう一度、考え直すことはできる。

失ったものを取り戻すチャンスはまだ残されている——。

※

その家に行くのは、実を言うと、きなこにとっては初めての経験だった。

人間の美代ではなく猫のきなこだった頃、その辺り一帯は別の猫の縄張りだったからだ。逆に太郎の美代は気にせずズカズカと踏み入っていたが、あれは明らかにルール違反。キジトラに怒られても仕方ない。

ただ、行くのは初めてだったが、場所は大体知っていた。

しかも、今は人間の姿だから、猫社会のルールにも縛られない。

とある焼き物工房に隣接する、木造の一軒家。

人間なら玄関から挨拶《あいさつ》して入るところだったが、それは面倒なのでやめて、きなこは木造家屋の裏手に廻《まわ》った。

1階にある目的の部屋を、窓の外から覗《のぞ》き込む。

部屋の主《あるじ》は、同居している姉と何やら話をしている様子だった。

「賢人くーん、今日お祭り一緒に行こ～。そんで、坂口さん誘いなよ」

「は？　俺、友達と行くし」

「あ、じゃあ、誘うだけ誘ってさぁ、急に予定変わったって言えばいいよ」

「……自分で誘えよ。坂口さんと一緒に行きたいなら」

「ええ～、マジか。しょうがない、おじいちゃんに頼むか」

そんな会話を交わすと、姉の方は部屋の戸を閉めて出て行った。

部屋の主、つまり日之出賢人はやれやれとでも言いたげに首をすくめると、今度は手にしたスマートフォンに目をやった。

「あいつ、来ないのか……」

呟《つぶや》いて、そこから先は単なる偶然だったのだろう、何気なく窓を見る。

当然、窓の外から中を覗き込んでいたきなこと、まともに目が合った。

「うわっ⁉　何やってんだ、お前⁉」

「ちょっと聞きたいことあんだけど」

きなこは相手の驚きに構わなかった。

賢人は閉めていた窓を開けながら、

「なんだよ？　とりあえず、あっちから上がって――」

「日之出、あたしのこと、どう思ってる？」

「え？　どうって……」

「好きか？」

「はあっ!?」

賢人は頬を赤らめ、窓から飛び退いた。

「なに言ってんだよバカ。お前、最近、絶対変だぞ。前はそんなこと言うやつじゃなかったろ」

きなこに背を向け、早口でそんなことを言う。

なるほど――と窓から顔を覗かせたきなこは、口の中だけで呟いた。

そして、

「やっぱり日之出は気づいてたんだね」

「何にだよ？」

「あたしが本物じゃないってことにだよ」

「〜〜っ」

賢人が苛《いらだ》ったように、自分の頭を手でかいた。

その間にきなこはフッと瞼《まぶた》を閉じた。その場でくるりと宙返りする。

「お前さ、俺のこと、からかってんだったら――」

背を向けていた賢人が振り返る。だが、その時にはもう、美代の姿をしたきなこはそこにいない。

人間のお面を口にくわえた、茶色い猫。

つまり、元のきなこだ。

「!?」

窓の手《て》摺《す》りに飛び乗ったきなこの姿を眼球に映すと、賢人はこの上もなく大きく目を見開いた。

そして、素《す》っ頓狂《とんきょう》な声で叫んだ。

「はあああああああっ!?」

「はああああっ!?　だって。あはははははは!」

賢人の祖父が営む工房で、きなこは大笑いしていた。

その姿は再び美代になっている。

きなこ自身は割と本気で、賢人が自分の正体に気づいているのでは——と思っていたのだが、事実は違ったらしい。どうやら賢人はまったく知らず、本心から驚嘆したようなのである。そのことを改めて賢人の口から聞かされ、さっきの賢人の顔を思い出してみると、笑いをこらえきれない。

賢人の方はきなこの爆笑を止めることもできず、バツが悪そうに横を向いていた。

工房の中は、賢人ときなこの他に人影はなかった。今日は休みで、ここなら誰にも邪魔をされずに話ができるから、と賢人がきなこを連れてきたのだ。

「——え〜っと、それで」

きなこの笑いの衝動がようやく収まってくると、賢人は気を取り直したように話を再開した。

「君はもう……ムゲじゃなくていいの？」

「ん〜」

この賢人の言葉を聞くと、きなこも笑いを引っ込めた。

しみじみと、

「気づいちゃったんだ。人間じゃ、きなこの代わりになれないって……それに、きなことして、とても愛されてるんだってことも」

最初、きなこが美代の姿になって家に帰った時、もちろん洋治だけでなく薫も喜んでくれた。ただ、薫の明るい顔は長く続かなかった。

以前の美代とは違う、薫のことを受け入れる美代はそこにいる。

だが、今までずっと薫と共に過ごしてきた、きなこはそこにいない。

結局のところ、薫にとって、美代もきなこも比べるような存在ではなかったということなのだろう。どちらが上とか下とか、そういう話ではない。どちらも薫にとって、なくてはならない大切なピースなのだ。あるいは、きなこが天寿を全うして薫の前から消えるのであれば、薫もまだ納得してくれたのかもしれない。しかし、いずれ、その時が必ず来るとはいえ、きなこはまだそんな年齢ではない。別れを迎えるには早すぎる。

考えてみれば、ひどく単純で、当たり前のこと。

気づかなかった自分は、本当に大馬鹿だ。

「う～ん……太郎がムゲ……ん～～」

きなこが自己卑下の思いにかられている間、賢人は別のことを考えているようだった。

「そういえば、どっちも太陽の匂い——あっ！」

急に賢人は大声をあげると、また顔を赤くした。

「先に言ってほしかった……」

何を思い出したのか知らないが、大まかなところはきなこにも想像できた。元々、きなこも猫だ。人間は相手が猫だと思うと、ごくあっさり無防備な姿を晒《さら》す。賢人の中でムゲの美代には見せられない姿も、太郎の美代には見せてきたのだろう。

そして、それに関しては、賢人だけでなく、美代も同じだった。

笹木家で過ごす美代は、薫や洋治の前では常に本心を見せず、表面を取り繕っていたが、きなこの前でもそうだったかと言うと、それは違った。日によっては、洋治や薫が家を空けていて、家の中にきなこと美代しかいない時もある。そんな時、美代からは、あの虚《うつ》ろな笑顔のお面が剝《は》がれ落ちて、本来の顔が表に出ていた。母親に捨てられ、父親からは血の繋《つな》がらない女性を母親として、無理やり押し付けられそうになっている娘の顔——。

「あの子も可哀想っちゃ可哀想だよね。あんな母親で、猫にもなりたくなるよ」

きなこが言うと、賢人も真剣な顔になった。

「辛《つら》かったんだな……」

そう呟くところをみると、賢人も美代が抱えている家庭の事情をある程度、知っているのだろう。

「誰かから愛される自分がイメージできないんだよ、あの子。親からも……。だからさ」

言いながら、きなこはそれまで座っていた椅子から立ち上がった。

窓際に立った賢人に正面から近づく。

「助けられるのはあんただけだと思うよ。頼むよ」

「けど、助けるったって――」

「日之出くんならできる」

「……なんかムカつく」

息が届くほどの距離にきなこが顔を寄せて、ニッと笑うと、賢人はまた少し頬を赤らめた。


事情を説明して、きなこが賢人を連れていったのは、もちろん神明社だった。

「猫島?」

「そう。今日は島の御神木が目覚める口。その力で、人間が猫になるってわけ」

「てわけって言われても……」

歩きながら困惑したように賢人が首を捻《ひね》る。が、これに関しては、きなこもそれ以外に説明のしようがなかった。第一、詳しく説明している時間はない。神明社の夏祭りは今日。その祭りの最中、御神木が目覚めて、美代の体から人間としての寿命が完全に抜き取られてしまえば、美代は美代に戻れなくなる。

石段を上りきると、きなこは社には向かわず、生い茂る草むらの前に立った。そして、賢人に向かって自分の手を差し出した。

「手」

「あ？　ああ……」

言われて、賢人も察したらしい。おずおずときなこの手を握ってくる。

「こっから先は放しちゃダメだから」

釘《くぎ》を刺して、きなこは草むらに分け入った。

草むらを抜けた先は、常滑の街を一望できる崖《がけ》だった。ただし、本当のことを言えば、ここはもう半分、人間の世界ではない。猫だけが訪れることのできる空間だ。

崖の先端部分からは長い長い木製の橋が、はるか前方に見える巨大な樹木と、その根元部分に雑多に広がる街に向かって延びていた。

「この橋の向こうに見えるのが、猫島」

「橋……？」

「大丈夫。あんたには見えなくても、あたしには見えてるから」

賢人の手を握ったまま、きなこは橋に足をかけて上がった。

「え……ちょ、言ってる意味が——いたっ」

引っ張られた賢人は、崖と木の橋を繋ぐ段差部分に足をぶつけてしまったらしい。

ただ、それで気づいたようだ。

「何かある……？」

きなこはさらに賢人の手を強く引き、橋の上を歩き出した。

「えええ～っ！」

賢人が悲鳴に近い声をあげた。まあ、無理もない。美代の姿をしているとはいえ、半分、猫のきなこの目には橋が鮮明に見えている。が、人間の賢人にはまったく見えないだろう。そして、橋は落ちれば即死を免れない高空に架かっている。

頭上に目をやると、空に分厚い雲が垂れこめていた。

きなこと賢人が橋を渡り始めると、濃い灰色の空からポツポツと雨が落ちてきた。これは人間の世界に降っている雨。この様子だと、今夜の夏祭りは中止になるかもしれない。もっとも、きなこにしてみれば、それは意味のないことだった。人間の世界で夏祭りが実施されようがされまいが、御神木は必ず目覚める。それは正しく、世界そのものに根ざした祭祀《さいし》であり、人の世で行事として行われる祭りとはまた別の祭りなのだ。

「ううう……」

歩き続けながら、賢人がまだ唸《うな》っていた。

きなこは足を速めつつ言った。

「あんたも猫になれば見えるよ」

「話、頭に入ってこない」

不意に、きなこの短パンのポケットから単調なメロディが流れた。スマートフォンの呼び出し音だ。賢人と繋いでいない方の手で、きなこはスマートフォンを引っ張り出す。

『もしもし』

電話の相手は聞き慣れた声だった。

「あ、ヨリちゃん？　はーい」

『ムゲ、今どこにいんの？』

「えーっと……橋？」

『は？　あのさ、今、薫さん見かけたんだけど』

「あー」

『1人で傘もささないで、猫、捜してるみたいだったよ』

「……そう」

少し沈んだ声で応じると、電話の向こうの頼子はいぶかしげに沈黙した。

そうして、探るような口調で問いかけてきた。

『ひ・と・り？』

きなこはあっさりと答えた。

「ううん。日之出と一緒」

『うえええっ!?』

とんでもない大声がスマートフォンから流れ出た。思わずきなこが耳を離しそうになったほどの声量だ。

『待って待ってっ！　どっちが誘ったの!?』

「どっちかっつーと、あたし？」

『おぉ……。分かった！　ムゲ、頑張れ！　あたしが応援してる！　どんなことになっても、明日《あした》、話聞かせなさいよっ！』

勢いこんで話し続ける頼子の声を聞いていると、ふと微笑を誘われた。

ちらりと背後を振り返ってみる。

そこには、高さに怯《おび》えつつ、それでも、きなこの手を放そうとせず、懸命についてくる賢人の姿があった。きなこの目を通してみれば、その姿は格好良くも何ともない。ただ、その不格好な様は、スマートフォンから聞こえる頼子の声と同じで、どこか温かみが感じられた。

「うん……ムゲは幸せ者だね」

『はあ？　何いってんの、あんた。とにかく――』

そこでノイズが入り、頼子の声が聞き取りづらくなった。そのまま通話も切れてしまう。そして、空から落ちていた雨粒も消え失《う》せる。

――完全に人間の世界を離れたのだ。

前方に目をやると、猫島が間近に迫っていた。

スマートフォンを仕舞うと、きなこはさらに足を速めた。

「お、おい、速いよ……！」

声をあげる賢人の手を引き、きなこは御神木の根に広がる街へ歩を進めていった。

四章 ―― 無限大謎人間は空を駆ける

Ⅰ

そこら中、猫だらけだった。

いや、この言い方は違うかも。

猫じゃなくて、猫人間、人猫だ。

みんな、あのお面屋が着物を着た時のように二足歩行している。中には４本の足で走っている猫もいるけども、それも体には服を纏《まと》っている。だから、人猫。むしろ太郎のあたしの方が、見た目だけは本物の猫っぽい。

見上げると、空は深い藍色《あいいろ》。

「なんなの、ここ……ずっと夜だし。みんな、猫だし」

体感時間を信じるなら、あたしがこの街へやって来てから、もう１日以上が過ぎているはずだった。でも、不思議なことにお腹はまったく空《す》かない。加えて、とっくに太陽が顔を出していい頃合いのはずなのに、空には星が浮かんだままなのだ。

街全体の印象は、あたしの言葉で表現すると、「ショッピングモールＩＮ明治時代？」といった感じだった。

ほら、ショッピングモールってさ、中央部分が吹き抜け構造になっていて、お店が1階、2階、3階と色んな階に並んでることがあるでしょ？　ここの造りは、あれにちょっと似てる。中央の巨木から伸びる、たくさんの根を土台にして街が作られたせいなのか、建物が多層構造で並んでいるんだ。中には根をくり抜いて部屋にしているような箇所もある。しかも、一つ一つの建物の造りは古風で、時代がかっている。ショップっていう単語より、屋台っていう言葉の方が絶対に似合うお店。

「レトロってやつ……？　いや、とか言ってないで、捜さなきゃ」

お面屋は確かにこの街に入っていたはずだった。

絶対に街のどこかにいる。

※

屋台はどこも人猫であふれ返っていた。

あたしは通りかかった屋台を一つ一つ覗《のぞ》きこんでいった。ゆうべから、ずっとこの作業の繰り返しだ。

「すみません。お面屋さん、知らないですか？」

「お面屋？　なんだい、そりゃ？」

カウンターというか、木の台の向こうで鍋《なべ》をかき回していた店主が威勢よく答えてくれた。もちろん、店主も人猫だった。頭に鉢巻を巻いている。

さらに、こっちに背を向けていたお客さんの人猫たちが、あたしの声を聞いて振り向いた。

「そいつはうまいのかい？」

「そんなことより一緒に食ってかない？」

「そうだよ、うまいぜ。うちのネズミは新鮮だからよ」

――ネズミ!?

あたしはあわてて店の看板に目をやった。

そこには確かにネズミの絵が描かれていた。

どうやら、ここはネズミ料理を出すお店のようだ。

「結構です……」

「そう？　うまいのに」

※

そんなことを続けながら、あたしは街の中を駆けずり廻《まわ》った。

繰り返すけど、この島に来てから、間違いなく日を跨《また》いでいる。1日か、それとも2日か。でも、お面屋は見つからない。空腹を感じないのだけは、本当に助かっているけれど。

街にたむろしている人猫たちも、お面屋のことを誰も知らなかった。

「誰か知らないすかー、お面屋さん」

お面屋が本当にこの街へ来たのか、あたしの自信が揺らいできた、その時だ。

「おい、嬢ちゃん」

不意に横合いから声をかけられた。

場所は……駄目だ。正直、あちこち走り回ったせいで、ここが街のどの辺りなのか、周囲を見ただけでは分からない。印象だけで言えば、たくさんの小さなお店が所狭しと建ち並んでいて、下町っぽい場所のようにも見える。

あたしに声をかけてきたのは、そんなお店の壁に背を預けた、大きな黒い人猫だった。鋭い目つきと、威圧的な体格。あたしのお父さんより横幅が大きい。ただ、肩からひっかけたポロシャツには、可愛らしいハートマークが入っていた。

「あたし？」

確認しつつ、あたしがそちらに目を向けると、その黒い人猫はしげしげとあたしを眺めた後で、こう言った。

「あんた、半分人間だな？」

「え……」

「顔を盗《と》られたんだろ？」

これにはハッとなった。

「あなた、お面屋さんのこと知ってるの⁉　知ってるなら、教えて！」

黒い人猫は寄りかかっていた壁から体を起こすと、あたしに背を向けた。

そのまま何も言わずに歩き出す。

あたしは大慌てで、後を追った。

「会わなくちゃなんないの！　どうしても！」

あたしが訴えても、やっぱり黒い人猫は何も話してくれない。

歩き始めた黒い人猫は、狭い路地に入っていき、そこからさらに階段を上って、とあるお店の前に立った。店のドアには、人だか猫だかよく分からない、奇妙な仮面がシンボルマークのように吊《つ》るされている。周囲の薄暗さと相俟《あいま》って、妙におどろおどろしい場所だった。

店の前に立った黒い人猫は振り返ると、またあたしに声をかけた。

「来な」

あたしは店の入口近くにあった看板を見上げた。

——人、猫、屋？

文字の癖が強すぎて読みにくい。でも、そう書かれているのかな。

あたしは黒い人猫の手で開けられたドアの隙間から、おそるおそる店内に足を踏み入れた。

店内は決して広くはなかった。中央に四角いカウンターがあって、牛丼屋のような店だ。いや、どっちかって言うと、居酒屋？　あたしは残念ながら一度も足を踏み入れたことがないから、あくまで印象だけど、そんな雰囲気がある。

店は狭かったけれど、お客さんは多かった。

もちろん、ここのお客さんも全員、人猫。

そのお客さんたちが、

「お前ら、新入りさんだ」

あたしと一緒に店へ入った黒い人猫の言葉を聞いて、一斉に振り返った。

※

白熱球っぽい明かりで照らされた店内の棚には、常滑焼に似た焼き物の酒瓶がずらりと並んでいる。

ということは、ここはやっぱり居酒屋なんだろう。

よく見てみると、カウンターに座った人猫たちの前には、ビールっぽい液体が注がれたコップも置かれていた。漂ってくる匂いもアルコールのそれだ。

「えっと……」

一通り、周囲の人猫たちから自己紹介されたあたしは、話を整理して問い返した。

「じゃあ、ここは猫の島で……この店にいるみんなは、元人間？」

「そういうこった」

と、最初にあたしに声をかけてくれた黒い人猫が頷《うなず》いた。

こうして改めて見てみると、同じ人猫でも見た目や雰囲気にはずいぶん違いがある。

あたしの右隣にいる黒い人猫は、やっぱりどこかヤンキーちっくなおじさん風。だけど、その向こうにいるすらりとした人猫は、大人のお姉さん猫といった印象だ。お姉さん猫のさらに向こうには、耳の長い人猫が座っている。こちらはクールな空気を漂わせ、ビールじゃなく、日本酒らしい液体が入ったお猪口《ちょこ》をゆっくりと傾けていた。

「あなたも猫になろうなんて……」

唐突に、黒い人猫とは逆側、あたしの左隣に座っていた人猫が、涙まじりの声で語りかけてきた。こちらは全体的に丸っこくて、人の好《よ》さそうな猫だった。……いや、人の好さそうな猫っていう表現はさすがに変だよね。正しく言うなら、猫の好さそうな猫？

「向こうじゃ、さぞかし辛《つら》かったんでしょうねぇ、ううううっ」

感情移入しやすい人……じゃなくて、人猫なのか、あたしの顔を見て、目をうるうるさせている。

さらに、その向こうにいる陽気そうな人猫が笑いながら、丸っこい人猫の言葉に乗っかって言った。

「人間なんて、ろくなもんじゃないよなー」

「あーいや、そこまでは……」

あたしは曖昧《あいまい》に応じた。

実際、あたしの場合、そこまで人間でいることに嫌悪感を持っていたわけじゃない。もちろん、嫌なことや辛いことはたくさんあったけれど、そうじゃないこともあった。日之出という好きな人ができたこと、ヨリちゃんという友達がいてくれたこと――太郎じゃなく、ムゲとしても大事にしたいものはちゃんとあったし、日々、あっという間に過ぎていく中で、心が浮き立つ瞬間も確かにあったんだ。

そんなことをあたしが思い出していると、今度は黒い人猫の向こうにいた、大人のお姉さん猫が話しかけてきた。

「あんた」

「あ、はい」

「人間に戻る気持ちがあるなら、早いとこ帰った方がいい」

「でも！」

あたしは思わず、それまで座っていた椅子から、カウンターの上に飛び移った。

大人のお姉さん猫の前まで行くと、

「このまま帰ったら、言葉が通じないから！　あたし、どうしても気持ちを伝えたい人がいるの。だから――」

「だったら！」

続く言葉を強い語調で遮られて、あたしはビクッと身を震わせた。

「余計に帰んなきゃだよ！」

お姉さん猫はこれ以上ないというくらい真摯《しんし》な眼差《まなざ》しで、あたしのことを正面から見つめていた。

さらに丸っこい猫も言う。

「あなた、きっと、お面屋にこの島へ誘い込まれたんでしょう？」

「え……？」

「お面屋はここでなら、人間の寿命を奪ってしまえるんです。そうなったら、あなたはここから帰れないし、人間にも戻れないんですよ」

「！　それは！」

あたしはうなだれた。

「困る……」


きなこのように人間になりたがる猫もいれば、ここにいる人猫のように、猫になってしまった人間もいる。

今のあたしは、後者の仲間入りをしかけている真っ最中なんだろう。

そう理解したところで、ふと思った。

「ねえ」

お姉さん猫の前から元の椅子に戻ると、あたしは店内にいる人猫たちを見回した。

「みんなは後悔してないの？」

「今更、後悔しても始まらないよ」

陽気そうな猫が少し遠い目をして店の天井を見上げ、丸っこい猫は逆に下を向いた。

「辛くなるだけです……」

その寂しげな口調に、あたしも黙りこんだ。

すると、あのお姉さん猫が、ぽつりとまた口を開いた。

「逃げだしたのさ。ここにいるみんな、何かからね」

「……確かに」

不意の声は、それまでずっと話には加わらず、お姉さん猫の向こうで、黙々とお猪口を傾けていた、クールそうな猫だった。時代劇に出てくる渋い男優さんのような声だ。ひょっとすると、人間なら、あたしのお父さんよりずっと年上かもしれない。

「あたしもそう」

と、お姉さん猫が頷いてみせた。

「あたしはね、母親でいることから逃げたんだ」

その言葉が意味することと、お姉さん猫の悲しげな横顔を見て、あたしは一瞬、息を呑《の》んだ。

もちろん、気のせいだったのかもしれない。でも、お姉さん猫の顔が、自分のよく知っている人たちと少し被《かぶ》って見えた。

「ちゃんと子どもを愛せているか、分かんなくなってね……。自信がないのを子どもに見抜かれているような気がして……逃げた」

「あたしも」

と、今度はクール猫さんが言った。

「愛し方も愛され方も、よく分からなくて……自信が持てなくて。息苦しくて逃げてきたんです」

それ以上のことは、2人とも語らなかった。でも、あたしには2人の言葉の奥にあるものが、ほんのちょっとだけ感じられたような気がした。だって、お姉さん猫の言っていることも、クール猫さんの言っていることも、どこか、ムゲや美代だった時、あたしが経験したことと重なっているように思えたから。

「あたしたちはこれでいい」

沈黙を挟んでから、お姉さん猫がまたあたしを見た。

「でも、あんたはまだ早い」

――あ。

「気持ち、伝えられるよ、きっと」

「応援してますよ」

他の人猫たちも口々に言う。

「うん……」

あたしは救われたような気になって、小さく頷《うなず》いた。

だけど、そこへ、

「ざんね～んっ！」

それは店内にいた人猫の声じゃなかった。

「え!?」

あたしだけじゃない。

その場にいた全員が、不意に響いたその声に驚き、辺りを見る。

声がしたのは、カウンターの奥だった。

そこには炊事場があって、皿洗い用のシンクが設置されている。

その排水口から、膨らんだ風船のようなものがニュルニュルと這《は》い出てきた。

あたしは目を見張った。

見覚えがあるどころじゃない。そいつはいつもいつも、いーっつも、そんな姿であたしを驚かせながら、突然現れるのだ。

「にゃはあああっ」

野太い鳴き声がした。

そうして、ポンというコルクの栓が抜けるような音と共に、そいつは——お面屋は排水口の中から飛び出してきた。

「お面屋っ！」

「向こうに帰っても、日之出はいないよ」

現れたお面屋は、驚くあたしにはまったく構わず、そんな言葉を口にした。

「え……？」

「今、あたしの店に閉じ込めてるからねぇ」

は!?

「日之出が!?　なんで!?」

お面屋はカウンターの向こうにいた店主の人猫を押しのけ、あたしに顔をぐいと近づけた。いつものニタリとした笑みを浮かべ、

「猫になったあんたを追ってきたって言うからさあ」

「!……嘘だね。大体、日之出はあたしが太郎だって知らないんだから」

「あんたの顔つけてる――きなこって言ったっけ？　あの猫が一緒だから、聞いたんでしょ」

「え!?　きなこも一緒なの？」

「い～え～すっ！　猫になるまで、あと少しだってのに、困ったもんだ」

あたしは混乱した。

あれだけ捜しても見つからなかったお面屋が、突然現れたこともそうだったけど。

何より、お面屋から聞いたことが、頭の中で整理できなかったんだ。

日之出がこの猫の島に来ている。しかも、ムゲになったきなこと一緒に。きなこは人間になりたかったんじゃなかったの？　この島で、あたしが完全な猫になってしま

えば、きなこの願いはかなうはずなのに。どうして、わざわざ日之出と一緒に？　……心変わりした？　だから、日之出と一緒に、あたしのことを追いかけてきた？　でも、もし、きなこがそうだったとしても、日之出は——。

「日之出があたしを……どうして」

俯《うつむ》いて、あたしは呟《つぶや》く。

そこにお面屋がさらに迫ってきた。

「！」

「邪魔されないようにぃ。早いとこ行きましょうか。約束の場所へ」

約束の場所？

言葉の意味が理解できず、あたしは呆然《ぼうぜん》と目の前にあるお面屋の顔を見返すことしかできなかった。視界の端から、爪の生えたお面屋の両手が不気味に伸びてくる。人を化かし、からめとる幽鬼のような手だ。だけど、それが太郎のあたしの頬に触れようとしたその瞬間、ヒュンという空気を切る鋭い音がして、お面屋は悲鳴をあげた。

「にゃいたぁっ！」

何かが砕けて、床に飛び散った。

ついさっきまで、あのクール猫さんがお酒を注いでいたお猪口《ちょこ》だった。どうやら、あたしを捕まえようとしたお面屋めがけて投げつけたらしい。

「おやめなさい」

クール猫さんは、やっぱりクールにそう言った。

「まだ子供じゃないですか」

「んぬぅ！」

お面屋が大きな目を吊《つ》り上げて、クール猫さんを睨《にら》んだ。

「お前らと違って、子どもはたっぷり寿命があるんだ！　絶対に逃がさな……おっと」

そこで、お面屋は少し慌てた様子になり、自分の口を両手で押さえた。聞かれたくない言葉だったんだろう。もごもごと喉《のど》の奥に声を呑みこんでいる。そこへ、背後から、居酒屋の店主がそろそろと忍び寄った。いや、店主だけじゃない。

「ふにゃっ！」

「うにゃ！」

「いえにゃぁっ！」

最初に、店主が手にしたフライパンでお面屋の後頭部を張り飛ばすと、他の人猫たちも一斉にお面屋に飛びかかった。床の上にお面屋を引きずり倒し、全員で押さえこみにかかる。

「なにゃあああっ！」

お面屋が叫んだ。

あたしが唖然《あぜん》としてその様子を見ていると、横からクール猫さんが緊迫した声で言った。

「お行きなさい。日之出さんとやらを助けないと」

あたしはハッと我に返った。

クール猫さんの横にいたお姉さん猫が立ち上がり、店の入口へ向かっている。

「行くよ、ヤツの店に」

「はい！　ありがとうございます」

返事をした後で、あたしはお面屋を取り押さえてくれている人猫たちに向き直った。

「皆さんも――」

「いいから早く」

入口のドアを開けたお姉さん猫が遮り、あたしを促す。

「はい！」

あたしはもう一度、返事をすると、店を出たお姉さん猫の後を追って走り出した。

2

人猫が行き交う街を、あたしたちは駆ける。

先導してくれるお姉さん猫は2本足じゃなく、太郎のあたしと同じように4本足で走っていた。普段は二足歩行でも、走る時はやっぱり4本足の方が走りやすいみたい。

「日之出ってのが気持ちを伝えたい相手なんでしょ？」

通りを歩く人猫たちの合間を縫って走り続けながら、お姉さん猫があたしに尋ねてきた。

「はい」

「あんたを迎えにきたんだ」

「どうかな……」

そこに関しては、あたしは自信が持てない。あたしのこと以外の理由で、日之出がこんなところにいるはずがないって頭では分かっていても、だ。

お姉さん猫が後に続くあたしをちらっと見て、微笑んだ。

「勇気あるよね、こんなところへ来るの」

その言葉を聞くと、あたしも自然に笑みがこぼれた。

そう。

日之出は確かに今、この猫の島に来ている。それがあたしと無関係というのは、きっとない。なら……少しくらい希望を持ってもいいんじゃないかな。もちろん、希望が実現するとは限らないし、あたしはいつもそうやって、期待を裏切られてきた方なんだけど。

角を曲がって、お姉さん猫が狭い道をさらに走る。

しばらく進むと、辺りから人猫の姿が消え、路地裏のような少し薄暗い場所に出た。島の中心にそびえるあの巨木——御神木に近い場所のようだった。その証拠に巨木から伸びる根が、頭の上を縦横無尽に走っている。

正面に扉があった。

扉の向こうは巨木の根の一部をくり抜いた空間になっているらしい。街で見かけた屋台のように看板がかけられたりはしてない。でも、どうやら、ここがお面屋の店のようだった。

「ここだよ」

走り続けてきたお姉さん猫が、扉の手前でやっと足を止めた。息を切らして、あたしもそれに倣う。

この街は他の場所も大体そうだけど、土の地面というのはほとんどない。元々、島の御神木の根や枝の間を縫うように、頑丈な板や石の土台が張り巡らされ、その上に街が造られているからだ。ここもそれは同じで、足下は厚い木の板で覆われていた。

歩くと小さな音を立てる板を踏み、あたしは閉ざされた扉に近づく。

すると、扉の向こうから、くぐもった声が聞こえた。

「……誰かいるんですかっ？」

「あっ！」

　日之出！

　絶対に聞き間違えたりしない。

　それは間違いなく、日之出の声だった。

「すみません！　開けてください！」

　扉の先から、日之出がさらに言った。よく見ると、扉には普通のドアノブの他に、大きな鎹《かすがい》が備えつけられていた。太い閂《かんぬき》が、つっかえ棒のように外から扉を厳重に封じている。

「んっ」

　二足歩行に戻ったお姉さん猫が、両手で鎹から閂を引っこ抜いた。

　それで、ようやく扉は開いた。

「ありがとうございま……あっ」

　中から現れた日之出は丁寧にお礼を言いかけたところで、あたしと目が合い、小さく叫んだ。

　あたしは瞳《ひとみ》を少し潤ませて、一歩、前に出た。

「日之出……」

「たろ——じゃなかった。ムゲ、なんだよな？」

その時、あたしは気づいた。

「日之出の言葉が分かる……」

それもひどく鮮明にだ。あのノイズのような邪魔がまったく入らない。前は日之出が話すと、所々、意味ある言葉が消えてしまっていたっていうのに。

考えてみれば、この島は猫にしか見えないはずなのに、ここにいる日之出は周りにある物がちゃんと見えているんだろうか——？

そう思った時、ふと、あたしの目にそれが映った。

「え？　日之出、その手」

日之出の手が日之出じゃなくなっていた。

うん。おかしな言い方だって判ってる。でも、本当にそうなんだ。日之出の顔や頭や髪や足は、あたしがよく知る日之出そのもの。だけど、手だけが違う。そこは日之出じゃなくなっていて……もっと言えば、人間のそれではなくて、モコモコとした毛の生えた手になっていた。手の先には、鋭い爪まで生え揃っている。

猫の手だ。

「ああ、これ」

あたしの視線を追った日之出が、自分の両手を見下ろし、小さく苦笑した。

「お面を着けたけど、猫になりきれなくて、手だけ」

日之出も猫のお面を？　あ、でも、そうか。ここがお面屋のお店なら、中にはお面が並べられているはず。それを着けたってことなのかな。お面屋の話じゃ、日之出はきなこと一緒に猫島へ来たみたいだから、きなこに案内してもらったんだろうか？

途中の詳しい事情はあたしには分からない。

ただ、日之出の顔を見て、今の言葉を聞くと、あたしはごく自然に、自分の口元がほころぶのを感じた。

「うん。なんか、そういうとこ、日之出だ」

「なんだよ、それ」

少し照れたように言って、日之出も柔らかく目元を和ませた。

そこへ、扉の奥から別の人影が現れた。

こちらも、あたしのよく知る姿だった。当たり前だ。毎日、鏡で見てきた顔なんだから。ムゲになった猫のきなこ。今日はあの冷たい目をしていない。さばさばした表情を浮かべ、

「顔、返すよ」

「きなこ」

「笹木美代に戻りな」

笑ってそう言うと、きなこはその場でくるりと後ろ向きに宙返りした。きらきらした光の粉にきなこの体が包まれ、ムゲとしての体が消える。続けて、猫の顔をしたきなこが光の中から現れた。ただ、その姿はあたしの知るきなこじゃなかった。この街にいる人猫と同じで、二足歩行の猫。顔立ちは元のきなこに似ているけれど、渋い色合いの着物で体を包んでいる。この島に来ると、普通の猫は人猫の姿になるんだろうか。ということは、ここに住んでいる人猫たちが、あたしや日之出がいた元の世界に戻れば、普通の猫の姿になるのかもしれない。

二本足で立ったきなこの足下に、カランと人間の顔をしたお面が転がった。

あの日、日之出の家で、あたしの顔から剝《は》がれ落ちたお面だった。

「やった」

あたしは小さく歓声をあげて、お面の傍に駆け寄った。太郎の鼻先ですくうように持ち上げると、自分の頭の上に載せる。

そうしてから、さっきのきなこと同じように、後ろ向きに宙返りした。

今度はあたしの体が光に包まれた。

良かった。これで、やっとムゲに戻れる――。

けれど、あたしがそう思って、板の上に降り立った時だった。

また、カランという音がした。

あたしが自分の顔に着けようとした人間のお面が、地面に転がった音だった。

「え……？」

日之出ときなこが同時に驚きの声をあげた。

あたしも戸惑いの目で足下のお面を見た。

「なんで……」

お面だけじゃない。

あたしの両手両足は白い毛が生えたままだった。視点も人間と同じ高さになっていない。真正面に見えるのは、日之出ときなこの足。これは間違いなく猫の視界——つまり、太郎の目に映る世界だ。

そして、目の前にはあたしの、人間のお面が落ちている。

混乱したまま、あたしはそのお面をもう一度、頭の上に載せた。

たまたま失敗しただけかもしれない。

でも、そう思って、あたしがまた宙返りしようとした時、

「んにゃはああああああっ！」

大音量で猫の鳴き声が辺りに響き渡った。いや、それだけじゃない。

バリバリッ、という激しい音。

足下にあった土台の木の板が割れた音だ。

そして、割れた木を突き破り、まるで高速で成長するタケノコのように、板の下から、あのお面屋が飛び出してきた。

「うわっ！」

「なっ⁉」

日之出ときなこが慌てて、その場から飛び退く。もちろん、太郎のあたしもだ。

「うわわわっ！」

日之出やきなことは逆の方向に、あたしは跳んだ。頭の上から人間のお面がこぼれて地面に落ちる。そこへお面屋が迫ってきた。

「⁉」

「にょほほほぉぅ！」

逃げようとしたあたしのことを、お面屋は大きな手で捕まえた。

「たらたったーっ！」

お面屋に摑《つか》まれた途端、あたしの体が宙に浮いた。

初めて会った時からそうだったが、こいつに人や猫の常識は通用しない。

あたしを左手に抱えたお面屋は、ボヨンとその場で大きく跳ねると、それこそドローンのように宙へ飛んだ。

「ムゲ⁉　待て！」

日之出の叫び声が遠くなる。

空を舞うお面屋の頭の先に、あの巨木、御神木の太い幹が見えた。

※

「このっ……放せったらっ！」

「んなはははは！」

じたばたと暴れるあたしを抱えこみ、お面屋は夜空を跳ね続ける。街中に張り巡らされた御神木の根を足場に、ボヨンボヨンと何度も何度も。

そうして、跳ねるたびに、どんどん街の中央へ、そして、高く昇っていくのだ。

目指しているのは、どうやら御神木の頂上部分のようだった。

「御神木のお目覚めはもうすぐぅ～。あんたが完全な猫になるのも、もうすぐぅ～」

嫌だっ！

「あたしは人間に戻るんだっ！」

「ほんとにぃ？　ほんとにそう思ってる？」

「思ってるよっ！」

「人間に戻ったら、また嫌なことがた～くさんあるとしても？」

一瞬、あたしはひるんだ。

お面屋は大笑いした。

「ほら嘘また嘘、全部うっそぉ。だからもう、人間のお面をかぶっても戻れない」

「う、嘘じゃない！」

「う～ん、このまま行けば、日之出も仲良く猫だねぇ。……あ、半猫かな？　んにゃあ、どっちでもいっか。ハッピハッピー」

このお面屋の言葉には、さすがに愕然《がくぜん》とした。

日之出も猫に？

いや、確かにあの人猫屋にいた丸っこい人猫は言っていた。

この猫島でお面屋に寿命を奪われたら、元の世界に帰れなくなる、と。ここでなら、お面屋はあたしの人間としての寿命を奪える、とも。

あたしに対してできることなら、日之出にもできる？　同じように猫のお面をかぶった日之出にも？

……駄目だ。

それだけは絶対に駄目だ！

「ん～っ!!」

あたしは萎《な》えかけた気力を奮い立たせて、お面屋の手の中で暴れた。見た目は不健康に太った三毛猫のくせに、お面屋の力はおそろしく強い。ただ、身をよじって暴れ続けていると、やっと体の上半分が自由になった。お面屋の太い腕に前足をかけ、残る下半分を引っこ抜きにかかる。

その時だ。

あたしは見た。いや、聞いた。

「ムゲーっ！」

さっき遠ざかったはずの日之出の声。

目をやると、遠くにロープで吊《つ》るされて上昇する箱型の乗り物が見えた。ロープウェイだ。街の低い位置から高い位置に向けて、ゴンドラがぐんぐん登っている。

ゴンドラのドアは開きっぱなしになっていて、そこから日之出が身を乗り出していた。こっちには気づいていない。あたしを捜しているんだろう。周囲を見渡している。

「日之出っ！」

あたしは叫び、さらに前足に力をこめた。柔らかい太郎の体を活《い》かして、一気にお面屋の腕の中から抜け出す。

「だめだよっ、だめ！　日之出は人間に戻らないと！」

「にゃわわ!?　こらっ、やめっ……！」

ただ、焦る余り、勢いをつけすぎたのは失敗だった。

「え……」

すぽんとお面屋の腕から抜け出たあたしは、そのまま何もない宙に飛び出した。眼下には街の明かりだけが見える。両手両足を支えてくれる地面は遥《はる》か下にしかない。

「ええええっ！」

一気に自分の体が落ちる。お腹の底がズンと冷える感覚。

「んなああっ⁉」

背後でお面屋が珍しく慌てた叫び声をあげた。そうして、お面屋は跳ねて上昇をするのをやめて、落下するあたしを追いかけてきた。

「こらあああっ！　命を！」

「わっ」

「粗末にするなーっ！」

「ひゃっ！」

「あんただけのっ、命じゃないんだからっ！」

空中で、お面屋があたしをもう一度、捕まえようと手を伸ばす。あたしは身をひねって、その手から逃げる。お互い、足場がないから、狙いもろくに定まらないし、思ったように体を動かせない。ジタバタともがきつつ、それでも追いかけっこ。手を伸ばす、逃げる、手を伸ばす、逃げる。

そんなコントみたいなことをやっていたら、先に落ちていたあたしの方が上になり、お面屋の頭にふわりと乗った。

「！　あれれ、ちょっと待って！」

多分、お面屋はその気になれば、普通に空を飛ぶことだってできるんだろう。その証拠に、あたしを頭の上に乗せたお面屋は、落下する自分の体に急ブレーキをかけた。あたしたちの落下速度が明らかに落ちる。まずい。このままじゃ、また捕まっちゃう。あたしは反射的に飛び移る場所がないか、辺りを見た。――あった！　右手側、多層構造になった街の土台の一部。板が見張り台のように空中に飛び出している。人間のムゲや美代だったら、まず飛び移れない。でも、太郎の体なら、もしかしたら！

お面屋の頭を蹴《け》って、あたしは迷わず跳んだ。

「なああっ!?　ずるいっ！　というか、なんだこれ!?　なななななな！」

急ブレーキをかけたとはいえ、お面屋の方は簡単には止まれなかったらしい。落下の速度こそ落ちたものの、そのまま下に落ちていく。

板の上に飛び乗ったあたしは振り返らず、即座に駆け出した。この辺りはもう、島を形成する巨木――つまり御神木の根の部分ではなく、枝の部分だった。生い茂る葉の間に、小さな花火のようにまぶしく輝く、色とりどりの花が咲いている。巨木の根の部分に造られた人猫たちの街とは少し趣が異なり、周囲からは家や屋台の数が減っていた。代わりに、御堂のような建物がぽつぽつと混じっている。ひょっとすると、街に住む人猫たちにとって、住むための場所というより、神社やお寺のように参拝するための場所なのかもしれない。

　ロープウェイのゴンドラは上昇を続けていた。日之出はまだこちらに気づかない。

「日之出はこんなところにいちゃダメ！」

建物と建物の間に渡された木の板の上を走り、あたしはロープウェイへ向かった。

「帰らなくちゃ！　陶芸の勉強したいって……お祖父ちゃん、凄《すご》いって言ってたんだから！」

　頭上で動き続けているゴンドラをあたしは見上げる。

懸命に駆けながら、天まで届けと言わんばかりに、もう一度叫んだ。

「日之出ぇーっ！」

その時、あたしを捜して周囲を見回していた日之出が振り返った。

目と目が合う。

「ムゲっ！」

「日之出っ！」

届いた！　やっと聞こえた！

ただ、ゴンドラはそれでも止まらない。

その上、あたしの方は道が途切れてしまった。辺りにはもう家や屋台がない。代わりにあるのは、縦横無尽にうねうねと伸びる御神木の枝。あたしは木の板から飛び降り、今度は枝の上を走りだした。誰かの手で剪定《せんてい》されたりせず、自然に伸びている枝だ。起伏は激しく、どうしても回り道になってしまう。それでも必死に、ゴンドラを追った。

「はあっ、はあっ……日之出っ！　来ちゃだめーっ！　帰ってーっ！」

さっきあたしを捕まえたお面屋は、御神木の頂上を目指していた。つまり、そこに行けばお面屋はきっと、あたしの寿命を奪ってしまえるのだ。多分、日之出の寿命も。

だから、日之出はこんなところに来ちゃいけない。

すぐに島を出て、元の世界に帰らないと。

「…………」

ロープウェイのゴンドラから上半身を乗り出した日之出は、じっとこちらを見下ろしていた。

よく見ると、その手には人間のお面——あたしの顔が抱えられている。さっき、あたしがお面屋にさらわれた時に落としたのを拾ってくれたんだろう。

こちらを見ていた日之出は、やがて端整な顔に決然とした表情を浮かべると、

「えっ……!?」

跳んだ。

「ムゲーっ!!」

あたしの名を呼びながら、ゴンドラを飛び出し、木の枝に向かって落ちてくる。無茶しすぎっ！　普通に家の2階くらいの高さがあるんだよっ!?　いや、前に3階から飛び降りたあたしが言うことじゃないかもしれないけど！

あたしは大慌てで、飛び降りた日之出の方へ足の向きを変えた。

その間に日之出は木の枝の上に降り立っていた。いや、正確に言うと、それは「降り立った」なんて表現は使えない。なんとか両手両足を枝の上についたとはいえ、落下の衝撃を殺せずにつんのめったあげく、バランスを崩して転んでいる。平坦《へいたん》な地面の上でこけたのならまだ良《い》い。だけど、そこは表面が丸く曲線を描く枝の上だ。当然、体がずり落ち、枝から落っこちそうになっている。もちろん、下には何もない。落下しようものなら、ただじゃ済まない。

「くっ！」

「日之出！」

日之出が懸命にしがみついている枝の上に、あたしはようやく辿《たど》りついた。

日之出は猫の手に生えた爪を枝に引っ掛け、何とかよじ登ろうとしていた。口にはあたしのお面をくわえている。

「頑張って！　日之出！」

「んんん〜っ!!」

手を伸ばしたかったけれど、今のあたしじゃそんなことをしても意味がない。

代わりにあたしは日之出の服の袖《そで》を、猫の口で引っ張った。大した力じゃなかったけれど、それでも多少は役に立てたらしい。日之出は唸《うな》りながら、少しずつ自分の体を持ち上げていった。やがて、目一杯伸ばした日之出の右手が、枝の上面にかかる。

「くくっ……ぷはあっ！」

大きく息を吐き出した時、日之出の体は枝の上に到達していた。あたしのお面も無事だ。

「はあ、はあ……ムゲ、帰ろう」

息を切らしながらも、日之出はすぐにあたしのお面を胸に抱え直し、そう言った。

「あ、あの――」

あたしは返す言葉に迷うと、日之出はお面だけじゃなく、あたしのことも右手で抱え上げた。

そして、あたしとお面を抱いたまま、枝の上を走って下り始める。

「日之出……ごめん」

「謝るようなことしてないだろ」

胸の中からあたしが言うと、日之出は小さくかぶりを振った。

それから、前を見て、

「俺、昔から気づくのが遅くて、自分が誰に支えられてるのか……誰に元気づけられてるのか、いなくなってから気づくんだ。全然、成長してないんだよ。俺は」

走り続けながら、日之出はそんな言葉を口にした。

「太郎がムゲだって知って、やっと気づいたんだ……あぅっ！」

そこで木の根につまずいて、尻餅《しりもち》をつく。

それでも日之出は気にした様子もなく、あたしを抱えたまま、すぐに立ち上がり、

「学校でも、いつもムゲに元気もらってた、って」

あたしはハッとして、太郎としての耳をピンと立てると、日之出の顔を見上げた。

「ホント？　それ、ホント？　日之出」

「だからさ。このままじゃ、俺……」

だけど、日之出がさらに何か言いかけた時、

「なは〜っ！」

あたしたちの頭上から、聞きたくもない声がした。

続けて、ぱんぱんに膨れ上がった巨体を着物で包んだそいつが、あたしたちの目の前にゆっくりと降りてくる。

「いいんだよ、このままで」

「お面屋っ！」

あたしの叫びを無視して、お面屋は日之出に近寄ると、胸倉を摑《つか》んで締め上げた。

「ぐっ……！」

「あんたの寿命も貰《もら》うよ。迷惑料だ」

「日之出を放して！」

「んなはっ!!」

一声、笑うと、お面屋は日之出を摑んだまま、また空へ向かって大きく跳んだ。

3

風を切って、お面屋が上昇を続ける。

そうやって、あたしたちが連れて行かれたのは、不可思議な場所だった。

位置で言えば、ほとんど猫島の頂上付近。

絡み合う御神木の枝がまるで、土の地面のように天然の土台になっている。土台の上には御神木の枝葉とはまた違う、光る毛が無数に生えていた。上から見ると、金色に輝く海のようだ。そして、海の中央に大きな神殿めいた建物がある。ただ、建物って言っても、天井はない。ちょっとした有料駐車場くらいの広さがある円形の空間を、積み上げられた石の壁が囲う神殿。

神殿の中央には、祭壇のようなものも設置されていた。こちらも円形で、葉を茂らせた御神木の枝と、数本の高い柱で周囲を取り囲まれている。

「約束の場所へようこそ」

神殿の上空から祭壇に降りると、お面屋は日之出とあたしのことを無造作に放り出した。

「ここからは逃げられないからねぇ。もうちょっとで、あんたらは猫と半猫。寿命はあたしのもの」

お面屋はそう言って、また笑うと、その場で嬉《うれ》しげに踊り出した。歌いながら、盆踊りのように、あたしたちの周囲を巡り始める。

「あっと少し！　ほれ、あっと少し！　もうあとちょっと、命をゲットで幸せキャット！　猫なら幸せ続くよ、ずっときっともっと！　明日《あした》もグッド、たらったらった踊れや踊れ！」

「…………」

「…………」

ただ、あたしはそのお面屋の歌や踊りには注意を向けなかった。

少し呆然《ぼうぜん》として、自分の頭の上に広がる世界を見上げる。

あたしの横では、日之出も同じように目を丸くして上を見ていた。

ひょっとすると、考えていること、感じていることは同じだったのかもしれない。

そう。

もう一度言うけれど、ここは不可思議な場所だ。

でもね。

あたしはただ見た目が妙だから、不可思議って言ったわけじゃない。大体、見た目の話をすれば、そもそも、この猫島自体がどこを切り取っても、おかしな場所なんだし。今更、驚くようなことじゃない。

本当に不思議だったのは――。

あたしにはこの奇妙な景色、どこか見覚えがあったこと。

祭壇から見上げる夜空。

そこには祭壇の周りを囲う高い柱がそびえていて、柱のさらに向こうには、御神木の枝が伸びている。枝には緑豊かな葉が生い茂り、葉の合間に花が咲いていた。しかも、この花、普通の花とは違う。ただ、色とりどりの輝きを放つだけじゃなく、何度も瞬きを繰り返している。

そして、ある瞬間、ひときわ輝きを増して、花は光を放った。

「！」

刹那《せつな》、確かにあたしの中で記憶がフラッシュバックした。

聞こえる。

花火の打ち上がる音が。

太郎として日之出と初めて出会った、お祭りの夜。

——時空。

そんな名を持つモニュメントの空洞で、太郎のあたしと日之出は身を寄せ合い、柱の先にある空を見ていた。

こんな風に花火の光で瞬く夜空を。

「……ここから出た時」

不意に、あたしの隣に立った日之出が口を開いた。

「世界がなくなってても……いや、なくなってなくても、どっちでもいいけど」

最初は静かな口調だったけれど、その声には段々と力が籠《こ》もっていく。

「ムゲがいなかったら、俺は困る」

あたしは大きく目を開いた。

夜空を見つめる日之出に一歩近づき、その、誰よりも大好きな横顔を見上げ、

「あたしも……あたしも日之出がいなかったら、困るな」

日之出が夜空から視線を前に向けた。

きっとした表情で、踊り続けているお面屋のことを睨《にら》みつける。

そうして、

「うあああああああああっ！」

気迫を体中から迸《ほとばし》らせたような叫び声をあげ、日之出はお面屋めがけて突進した。

「んん……なあっ!?」

振り返ったお面屋の大きな顔めがけて、日之出が飛びかかる。猫になった自分の手でお面屋の耳を摑み、形が変わるほどに強く引っ張る。

「あいたたたたっ！」

「ムゲを元に戻せよっ！　どうすれば戻れるか、教えろっ！」

「日之出っ！」

あたしも走った。

日之出と同じようにお面屋に飛びつく。

「痛い痛いっ！　ほ、本人がぁ！　望んでないからあっ」

「あたしは戻りたい！」

「顔の方が望んでないんだからっ！　戻ったって、何にも変わらないからららららあああっ！」

「んなことない！　戻ったら、俺たちもっと！」

日之出がお面屋の首を絞めた。

「ちゃんと、やれるから！」

「そう！　もっと、ちゃんとっ――」

だけど、あたしが日之出の言葉に強く同意しようとした時だった。

空がさっきよりも強く輝いた。

いや、空そのものが光ったわけじゃない。

御神木に咲く花が、また輝きを増したのだ。それも、さっきよりも一層激しく。

光はもう眩《まぶ》しいほどになって、祭壇全体を太陽のように照らす。

するとあたしたちに摑まれて、もがいていたお面屋が、くわっと目を見開いた。

「お目覚めだぁっ！」

お面屋がいままでとは違い、ドスの利いた声を張り上げた。

その途端、

「!?」

「なっ……！」

あたしの体から急に力が抜けた。

ううん、あたしだけじゃない。

「なんだ、これ、体が……」

お面屋に飛びついていた日之出が、力なくその手を放した。ずるずると崩れ落ちる。

あたしの方はもっと酷《ひど》かった。

全身が雷にでも打たれたように痺《しび》れ、喋《しゃべ》ることもできず、祭壇の上にぽとりと落ちた。起き上がろうにも、体にまったく力が入らない。

「なはっ」

うつ伏せになったあたしの上で、お面屋が不快な笑い声をあげた。

「はい、ごめんなさいよ」

そんなお面屋の言葉が聞こえたかと思うと、痺れがさらに酷くなった。苦労して首だけを動かし、あたしは自分の体を見る。すると、そこからは今まさに、お面屋の手で何かが抜き取られようとしていた。――人魂《ひとだま》だ。うねうねとした蒼《あお》い人魂。ということは、あれがあたしの人間としての寿命!?

ずるりとあたしの体から、人魂が引き抜かれる。

お面屋が水風船を弄《もてあそ》ぶように、その人魂を上下に振った。すると、人魂は今度は人間に近い影になった。もちろん、見《み》憶《おぼ》えがある。それは間違いなくあたしの影だった。目や口はない。けれど、全身の輪郭はどこをどう見ても、あたし自身。

「ほおおっ、こりゃ立派だ」

お面屋が心底嬉《うれ》しそうに目を細め、それから、あたしじゃなく、足下に転がる日之出を振り返ろうとした。

「すぐに、あんたのも――」

「やめろっ!!」

「んなっ!?」

言いかけたお面屋の言葉を遮って、日之出がまた立ち上がった。ふらつきながらも、お面屋の腰にタックルする。これはさすがに予想していなかったのか、お面屋がたたらを踏んだ。その拍子に、あたしの影がお面屋の手からこぼれ落ちる。

「!?　あああっ！」

お面屋の手を離れた瞬間、影がまた形を変えた。

今度はバレーボールのような球形になり、祭壇の上をポンポンと跳ねる。

「あたしの寿命～っ！　待って待って～っ」

お面屋が大慌てで人魂のボールを追い始めた。だけど、そこに日之出が追いすがる。お面屋の腰にしがみついて離れない。

「ムゲは絶対に連れて帰るっ！」

「んなはあっ！」

「ひどいだろ！　こんなの、ムゲのせいじゃないのに！　辛《つら》いのも苦しいのも、ムゲのせいじゃないのに！」

「ひ……ので……」

動けないまま、あたしは唇だけを動かした。声がちゃんと出ない。だけど、唇だけなら動く。

違う……。

あたしのせいだ。

こうなったのは全部あたしのせい。

お面屋の言った通り、あたしが本心から人間に戻りたいと思わなかったから。

……逃げていたから。

このままじゃ、あたし、めっちゃ後悔する。

日之出の気持ちにちゃんと応《こた》えたい。ううん、日之出だけじゃない。薫さんにも、お父さんにも、お母さんにも、あたしは全然ちゃんと応えていなかった。

だから——！

続く言葉を唇だけで叫ぼうとしたその瞬間、ふっとあたしの体が軽くなった。

全身を縛っていた強烈な痺れ。

それが間違いなく弱まった。

「！」

即座にあたしは飛び起きる。

無我夢中で走った。

「あたし、やっぱりこんなとこ嫌だっ！」

お面屋の腰にしがみついていた日之出が、引き剝《は》がされそうになっている。

あたしは横からお面屋に飛びかかり、その太った体を駆け上がった。後頭部に張りつくと、お面屋のまぶたに後ろから前足の爪を引っ掛け、思いっきり引っ張る。

「帰りたいっ！　帰らせろーっ!!」

「いててっ！　んなああっ！」

お面屋が悲鳴をあげつつも、あたしたちをぶら下げたまま、その場で高く跳んだ。落ちてくる勢いを利用して、日之出とあたしのことを祭壇の上に叩《たた》きつける。

「ぐっ……！」

体を打つ重い痛み。

それでも日之出はあきらめなかった。もちろん、あたしもだ。お互い、同時に起き上がり、またお面屋にしがみついた。

「俺たちはっ！　帰らなくちゃならないんだぁっ！」

「日之出っ！」

改めて祭壇の上を転がる人魂ボールを拾いに行こうとするお面屋の尻尾《しっぽ》を摑《つか》み、懸

命に引っ張る。このしつこさには、お面屋の形相も変わった。化け猫そのものの凶悪な顔になり、太い腕を振りかぶると、

「いい加減にしないと、八つ裂きだぞおおおおっ！」

お面屋の爪が鈍く光る。日之出の眼前に迫る。

「っ！」

だめだ！　避《よ》けられない！

だけど、あたしが絶叫しかけたところで、

「んなっ⁉」

先に悲鳴をあげたのは、お面屋の方だった。

腰が砕け、体勢を崩している。一瞬、あたしには何が起きたのか理解できなかった。

ただ、その時、祭壇の上で何かがパリンと割れた。吸い寄せられるように、あたしの目がそっちへ向く。そこにあったのは、焼き物の破片だった。粉々になったわけじゃないから、元の形は想像できる。お猪口《ちょこ》だ。しかも、ほんの少し前に同じものを見た。あの人猫屋で。クール猫さんが使っていたのと同じお猪口。

そして、凛《りん》とした声があたしたちの上から降ってきた。

「おやめなさいと言ったはずです」

あたしたちのいる神殿。

最初にも言ったけど、天井はなく、周りは積み上げられた石の壁で覆われている。その壁の上に、あのクール猫さんと、人猫屋に集まっていた猫たち、そして、きなこまでもがずらりと並んで立っていた。

※

「お前たちっ……！」

見上げたお面屋が驚愕《きょうがく》の声をあげた。

それを見て、フッと笑ったのは、お姉さん猫だった。あたしを励まして、日之出のところまで連れて行ってくれた人猫。

続けて、

「行くよっ！」

「にゃあっ！」

お姉さん猫の掛け声に他の人猫が喚声で応じ、次々と石の壁から飛び降りた。お面屋ほどじゃないけど、こっちも常識とはかけ離れた跳躍力だ。ひとっ跳びで、あたしたちのいる祭壇のところまで降りてくる。もちろん、狙いはあたしでも日之出でもなく、お面屋。

「んなぁあああっ!?」

あわてて逃げようとしたお面屋の背中を、丸っこい人猫がまずは踏んだ。いや、これもう、踏んだとかいうレベルじゃない。ほとんど猫のボディプレス。普通の猫なら大した威力にならないだろうけど、丸っこい人猫は、テレビの大食いタレントくらい体が大きい。その体で上から勢いをつけて、のしかかられたんじゃ、いくら化け猫のお面屋でもたまらない。しかも、そこへ他の人猫たちもわらわらと飛び降りてくる。

「や、やめろおおっ……ふぎゃっ！」

最後にあのクール猫さんが、とどめとばかりにお面屋の鼻の上に降り立った。

「ふ……」

クール猫さんがやっぱりクールにつぶやき、お面屋の顔の上で笑みを漏らす。

あぜんとして様子を見守っていた日之出とあたしに、お姉さん猫ときなこが言った。

「お待たせ」

思わず体から力が抜けそうになった。

「あたしたち、助かった……？」

「ありがとう」

日之出が素直にお礼を言う。

そうして、日之出は祭壇の端に転がったままだった、あたしの人魂《ひとだま》に駆け寄った。

猫の両手で大事そうに抱え、戻ってくる。

見上げるあたしの前で、日之出は手にした人魂を優しくあたしの頭の上に載せてくれた。

ちゃんと体に戻ってくれるかどうか、少し心配だったけれど、大丈夫だった。

あたしの頭の上で、バレーボールのような球形だった人魂は、元のあたしそっくりの影になった。そして、逆回しの映像のように、あたしの体内に吸い込まれていく。

見ると、御神木の枝に咲いていた光の花が、輝きを弱め、閉じようとしていた。御神木の力であたしや日之出が猫になるのなら、あれがその力の強さを表しているのかもしれない。だって、光の花が輝きを失っていくと同時に、あたしの体からは完全にさっきの痺《しび》れが消えていったから。人が猫に生まれ変わる祭りは、終わったってことなんだろう。

日之出が足下にいたあたしのことを抱き上げた。

「ムゲ」

「日之出！」

間近であたしたちは見つめ合う。

日之出の口元がようやく、ふっと緩んだ。

「俺、ムゲのこと、もっともっと知りたい」

「日之出……」

「日之出サンライズアタックとか、やること無限大に謎で驚かされるけど——いろんな顔のムゲが見たい。笑ってるだけじゃなくて、怒ってる顔とか、我《わ》儘《まま》言ってる顔とか」

「そんな顔を見せて、日之出はあたしのこと嫌いにならないの？」

「そんで、猫じゃないムゲに『好き』って、ちゃんと言いたいんだ」

「！」

「それで、また笑ってる顔が見たい」

「あたしも……見たい！　日之出のちっちゃい子みたいな笑顔。それで」

——好きって言われたい。

以前ずっと願っていたその言葉が、あたしの脳裏に浮かんで、すぐに消えた。

そうじゃない。

「あたしも、ちゃんと言いたい……あなたのことが好きだって、言われたいんじゃなくて、言いたい！」

あたしのその言葉を聞くと、日之出はくすぐったそうに笑った。

——うん。

そうだ。

あたしが人間に戻って、日之出にちゃんと伝えたい言葉はそれ。

だから、帰ろう。

日之出と一緒に。

楽しいことばかりじゃない。

嫌なことだってある。

だけど、あたしと日之出がきっと心からの言葉を言い合えるようになる、あたしたちの世界に。

いつもの、あの町へ——。

「あんたも早く帰りな。ご主人、大事にしなさいよ」

そんな声が横から聞こえたので、目をやると、きなこがあのお姉さん猫から、笑って背中を押されていた。

「うん。分かった。……さあ、帰るよ！」

「うん！」

きなこの呼びかけに元気よく応じると、日之出の手から飛び降りたあたしは、もう一つの大事な物に走り寄った。人間の、あたしの顔をしたお面。これを被《かぶ》らないと、あたしは人間に戻れない。あ、でも、よくよく考えてみると、いますぐ被るのはやめておいた方がいいのかも。太郎からムゲに戻ってしまうと、あたしには多分、この猫島や助けてくれた人猫たちのことが見えなくなってしまう。

あたしはお面を口にくわえるだけにして、日之出のところに戻った。

きなこが祭壇の出口に向かい、あたしと日之出も後を追った。

開いた扉から出る前に、あたしたちは揃って背後を振り返り、そこで、あいかわらずお面屋の上に乗っかっていた人猫たちに深く頭を下げた。

「みなさん、ありがとうございました！」

「ありがとうございました！」

忘れちゃダメだよね。

みんなには本当に助けられたんだから。

「ばいば～い」

「お達者で」

楽しげに挨拶《あいさつ》してくれる人猫たちの下で、お面屋が「んな～」と情けない声で鳴いていた。

終章 ―― そして、
無限大謎人間は恋をする

※

子どもの頃、お母さんに読んでもらった、１００の名前を持つ猫の絵本。

実を言うと、あのお話は純粋なハッピーエンドじゃなかった。

世界中の人たちから色んな意味を持つ名前を与えられた猫は、その名に見合った活躍を確かにする。

でも、そうしているうちに、本当の名前、元々の自分の名前を忘れちゃうんだ。

主人公の猫はそのことを悲しんで、

「みんなが願う僕でいたら、僕が願う僕じゃなくなってしまった」

みたいなことを言って、最後には姿を消してしまう。

当時のあたしはこの結末に結構ショックを受けた。

だって、たくさんの名前で活躍する猫のことを格好いいと思っていたから。

でも、今なら、主人公の猫が言っていたこと、少し分かる気がする。

誰かが願う自分を演じていれば、確かに波風は立たないのかもしれない。

薫さんやお父さんの前で本音を言わず、へらへら笑って誤魔化していた、前のあたしみたいに。

だけど、それじゃ駄目なんだ。

それを続けていると、伝えたいことを伝えられず、心がどんどんすり減っていっちゃう。薫さんがあたしの作り笑顔を見抜いていたように、周りとの関係もいつかきっと、ぎくしゃくしてしまう。

日之出は、我《わ》が儘《まま》言ってるあたしの顔を見てみたい、と言ってくれた。

なら、あたしはあたしの願う笹木美代になる。

誰かの願う美代じゃなくて、あたしの気持ちをあたしらしく伝えられる自分になる。

それで――。

※

神殿からの帰り道は舟を使った。

機械仕掛けのモーターボートじゃない。櫂《かい》で漕《こ》ぐ木製の小舟。ついでに、舟が進むのも本物の海や川じゃない。ここに来る時、神殿の周りに金色の毛がいっぱい生えてて、まるで海みたいって言ったでしょ？　あの時は遠くから見た印象でそう表現したんだけど、実はこれ、本当に海みたいなものらしいんだよね。舟がちゃんと浮かんで、櫂を漕ぐと前に進める。この猫島は本当に不思議な場所だけど、ここもまた、とびっきり神秘的な場所だ。何だか、天国にでもいるみたい。

船尾で櫂を漕いでくれているのは、きなこだった。

舟の向かう先には、猫島とあたしたち人間の世界を繋ぐあの木の橋が見える。その向こうは、もちろん神明社。

ずっと夜だった猫島と違い、外は明るくなっているようだった。ただ、真っ昼間というわけじゃない。もう夕方が近いのか、空の一部がほんの少し赤みを帯びている。

「ありがとう、きなこ、日之出」

太郎の姿のままのあたしは船先に立って、お礼を言った。

「凄《すご》く心配かけちゃったんだね、あたし」

日之出が苦笑した。

「俺たちだけじゃないよ。家出の時は深瀬や伊佐美だって。坂内も新堀も判りにくいけど心配してたし――」

ヨリちゃんと伊佐美は分かるけど、坂内と新堀はさすがに意外だった。

ああ、けど、考えてみると、あたしの家出はあの手紙騒動の次の日ってことになるのか。

なんだかんだで、あいつらも責任を感じちゃったのかな。真相はまったく違うんだけど。

次に顔を合わせたら、気にするなって意味をこめて、普通に声かけてみようか？

日之出に続いて、きなこも言った。

「あんたの親も結構必死だったよ。あんた、自分が思ってるより、大事にされてると思うよ」

うん。

それはもう知ってる。

お父さんは仕事を休んで、あたしを捜していたし、お母さんも何だかんだ言いつつ、家まで来ていた。薫さんだって、あたしの姿をしたきなこが見つかった時、本当にうれしそうだった。

「あたし、一生懸命、好きにならないようにしてた」

小舟の進む先に目をやると、あたしはまた口を開いた。

「薫さんや、お父さんやお母さんのことも。みんな、いらない……みんな、カカシだって」

遠くから、元の世界に繋《つな》がる橋が徐々に近づいている。

「でも、やっぱりみんな、いる。帰ったら——好きになってみる」

言葉を重ねると、あたしは笑って空を見上げた。

※

「よっ、と」

猫用の赤い鳥居の前で、人間のお面を頭に載せたあたしは、掛け声と共に宙返りした。

その途端、見馴《みな》れた光の粒子があたしの体を包み込む。

そして次の瞬間、あたしの体は太郎のそれじゃなく、笹木美代＆ムゲになっていた。

「おおー、戻れた」

「こっちもだ」

見ると、猫のお面を脱いだ日之出の両手も元に戻っていた。いや、日之出だけじゃない。あの猫島にいた時は人猫だったきなこも、ここではもう普通の猫になっている。

あたしたちに分かる言葉でしゃべったりしない。

「………」

「………」

あたしと日之出は崖《がけ》の上に並んで立ち、彼方《かなた》にある猫島へ目をやった。

御神木の大樹が形作る猫島は、少しずつ影が薄れつつあった。きなこも前に言っていたけれど、やっぱり、あの島は猫じゃないと見えなくなってしまうらしい。あたしと日之出は人間に戻ってしまったから、島を見ることも、島に行くことも、この先はもうできなくなってしまうのだろう。

「向こうのみんなも、ずっと幸せだといいなあ……」

あたしが島の人猫たちを思い出して呟《つぶや》くと、日之出も「うん」と頷《うなず》いた。

島の影がさらに薄くなる。

そして、その姿が夕焼け間近の空に完全に溶けて消えると、あたしたちの立っていた場所そのものも変化した。

あたしたちの視界から赤い鳥居が消える。まるで誰かに瞬間移動でもさせられたかのように、崖の上から、神明社の境内まで戻される。

目の前にあるのは、もう猫の世界の入口ではなくなってしまった、ただの草むら。

あたしがぼんやりとそれを見ていたら、日之出がこちらを振り向く気配がした。

いや、気配だけじゃない。

日之出がそっと、自分の手をあたしに向かって差し出していた。

あたしはおずおずとその手を握り返した。すると、こっちを見た日之出の目が笑った。

そして、日之出は猫島で口にした自分の言葉をちゃんと守ってくれた。
こう言ってくれたのだ。
「ムゲ、好きだ」
だったら、あたしだって。
「あたしも日之出のこと、大好き！」
伝えたい言葉はもっともっと、たくさんある。
でも、今はこれだけ。
一番大事な言葉だけ。
うん。
これからも何度だって言う。
——日之出サンライズは。
太陽がぱあっと昇って、あったかくなる気持ちなんです！